KB129994

햇빛과 연애하네

책 만 드 는 집   시 인 선 0 5 1

햇빛과 연애하네

김규화 시집

책만드는집

몇 년 전 시선집을 내면서, 앞으로는 과거와 같은 단일 감정의 서정시나 관념을 앞세우는 시를 쓰지 않을 하나의 터닝 포인트turning point로서, 그렇다고 과거의 시를 시력詩歷의 노방路傍에 세워둘 수가 없다는 이유로서 책을 묶는다고 자서에서 말했다.

그러나 그 말을 어기고 만 것 같다. 섣불리 약속을 하고 장담을 할 일이 아니라고 생각하면서, 아무리 시라고 하여도 현실성과 보편성에서 벗어나면 안 된다는 생각을 새삼스럽게 하면서 이 시집을 낸다.

이 시들은 멀게는 10년, 혹은 5년 전에 써놓은 것으로서 옛날 시 그대로의 것들이다. 이걸 안 묶고 버려두려니 그 미련을 떨칠 수 없고, 65편의 자식 같은 것들이 자꾸 마음에 걸린다.

변명을 늘어놓게 됐지만 이 시들은 내가 요즘 시도하고 있는 하이퍼시하고는 거리가 멀다. 그렇다고 전의 시가 못났다는 말이나 지금의 하이퍼시가 잘났다는 말은 결코 아니다. 그 시가 무슨 시더라도 나의 소망은 독자들과의 소통이다.

끊임없이 써도 여전히 문제는 남는다.

2014년 봄

김규화

2부

조팝나무

3부

명량에 들물 든다

4부

옹기, 박살 난다

1부

진달래꽃 둥둥둥

공기와 볼

산이 몸체 우뚝 세우며 부릅니다
두 볼을 얼굴에 달고 거기 오릅니다
편편하던 산길이 치오를 즈음
시월의 공기가 와글와글 기다리고 있습니다
공기는 두 손을 벌려
달구어진 두 볼을 옴쏙 싸안습니다
헤엄치려 들어가는 물몸의 바다입니다
볼만 드러내고 뛰어들면
공기는 밀리면서 자리를 내주고
시월의 공기는 싸합니다
볼의 모세혈관이 더욱 흥분합니다
산소를 팽팽히 꿰 넣은
10미크론의 대롱이 20미크론으로 쪼개지면서
치오르던 산길이 다시 쳐 내리고
나무 그늘에서 쉬고 있던 공기가 유쾌한 두 손으로
다시 두 볼을 싸안습니다
턱까지 차오른 숨이 쓰나미로 빠져나갑니다

진달래꽃 둥둥둥

좁다란 산길 양쪽에 울타리 치고
진달래가 따라온다
가늘고 성긴 다리로 받쳐 올린 꽃송이들
둥둥둥 떠서
파란 소나무 곁에도 내 키만큼 커서
진달래 진한 몸 내게 맡긴다
북소리 들리고 바람이 휘청인다

깔때기 같은 꽃 한 송이 따다가
"꽃처럼 붉은 울음"* 울지를 못하고 나는
입술에 대고 입술 색깔을 만든다
야들야들 몇 갈래로 갓 태어난 사랑이
빨강을 비켜서 파랑을 비켜서 보랏빛 얼굴이
보라, 보라, 햇볕에 몸 드러낸다
부푼 산등성이가 내 눈을 살짝 때린다

산에 불붙인 진달래
보랏빛 보라, 보라

산에 불 식히는 진달래
예쁜 보라 신부들이 되돌아온다

* 미당 서정주의 시 「문둥이」의 한 구절.

녹음기 풀어놓아

북한산 계곡의 너럭바위 한 모퉁이를
허락받고 앉았더니
왼쪽인지 오른쪽인지 앞인지 뒤인지 위인지 아래인지
가까운지 먼지
두런두런 말소리 들리더라
눈엽 촉촉한 나뭇가지 사이로도
땅까지 내려온 멍석 같은 하늘이
입 다물게 하더라
소리만 숨어 있더라

여름 가을의 무성했던 말
산 메아리가 녹음하고
겨울에 내린 눈이 녹음을 녹음했다가
녹여내더라, 녹음기 풀어놓더라
집채 같은 바위가 내려보는 아래서
부부 등산객들도 이불 속에서보다 더 풀리어
과일을 깎아 주고받더라
얼굴 빠끔히 내민 진달래 몇 송이 바라보고
산객들은 서로 웃더라

이른 봄새

2월의 이른 봄새들이 북한산 자락에 좌악 깔렸다
초등학교 6학년 1반 아이들이
까르르까르르 새소리를 내며 북한산을 차오른다
담임 선생님은 이따금 한마디를 한다
―비탈에서는 나무를 붙잡고,
  바윗부리를 딛고,
  차올라 날아라, 부지런히
아이들이 휩쓸고 지나간 자리에 화약 냄새 자우룩하고
나무는 진저리 치며 아이들의 손에서 잔가지를 털어낸다
그리고 눈엽을 틔운다

햇빛과 연애하네

가을 산의 나무가 햇빛과 연애하네
가을 산에는 단풍이 든
가을 산에는 단풍이 미처 안 든
불새의 깃털이 수두룩 꽂혀 있네

햇빛이 먼 길을 단숨에 달려와
나무의 몸을 만지고, 반짝반짝
나무는 웃는 눈 노래하는 눈 빛나는 눈을 뜨고
가만히 애무해주기를 기다리고 있네
연애하고 있네
몸을 곧추세우고
엄마 젖 먹고 잠이 든 아가의 입술처럼
이파리마다 조랑조랑 붙어 있네

햇빛은 사랑을 하고 또 하고
나무는 제 몸의 깃털에 불을 붙이고 또 붙이고
붉은 깃털은 더 붉게 노란 깃털은 더 노랗게
화들짝 타는 불새가

불두덩 위에서 불의 알을 낳네

나무가 가을 산을 불사르어 연애하네

봄날에

잎 다 떨군 하늘에 겨우내 서서 미루나무
잔가지를 허공으로 뽑아
초록 이파리 버무려내다가 봄날에
조금씩 키우다가
하늘 해에 전기 코드 꽂았나

바람이 불 적마다 온·오프로 반짝반짝
초록 불 켰다가 껐다가, 크리스마스트리

겨울 크리스마스는 아직 먼데……

2월과 3월 사이

서둘러 벗지 못한 오버코트와 스웨터
그대로 3월은 까마귀
회색 재를 뒤집어쓴
잿빛 포도에 쏟아져 나왔다
희뿌연 아지랑이 헤집고
햇살 내리는 도시의 가슴팍으로 들어갈수록
밤에만 북적이는 지하 카페가
술로 얼룩진 카펫을 드러내면서 한낮에
부끄럽다, 함부로 뱉어버린 껌 자국으로
검버섯 얼굴이 된 시멘트 길에
뭉텅뭉텅 몰려가면서 계절의 난간으로 치닫는
까막까치의 발걸음은 방향을 헛딛고
쌀쌀한 바람이 회오리쳐
겨울의 누런 얼굴을 찌그러뜨린다
뒤뚱거리며 부산하게 봄이 온다고

족두리봉의 앞과 뒤

눈이 향하는 대로 올려다본다, 가고 싶으면 암벽등반을 한다—앞

에돌아간다, 뒤꼭지를 발뒤꾸머리로 콕콕 누르며 철 난간을 붙잡는다—뒤

인절미로 이겨 만든 눈·코·입의 고운 얼굴을 본다—앞

딱딱한 족두리봉에는 족두리가 없다, 우글쭈글 펑퍼짐한 배후가 있다—뒤

등산객은 봉 위에서 구슬을 만든다, 구슬은 조금 흔들리기도 하고, 우쭐우쭐 가지런히 촘촘히—앞

기어오를 때는 바위틈에 사는 개미도 보고 뒤돌아 앉아 쉬기도 한다—뒤

은하수 바라본다, 골짜기 이쪽에서 우러러본다—앞
〉

돌아가는 사람, 뒤를 보려는 사람만 간다―뒤

산울림

각황사에는 진돗개가 두 마리
스님도 염불 소리도 숨어버리고
잘 생긴 진돗개 두 마리
해우소 가는 길에서 목줄 팽팽히 으르렁댄다
절을 지나가는 산꾼들이 어색하게 달래보다가
요사채 앞에 붙어 있는
연운산거 가가월烟雲散去 家家月 현판을
우지직 떼다가 진돗개 머리에 박치기한다
박치기당한 진돗개 두 마리
북한산 자락을 들었다 났다 짖어댄다
해우소에 들르는 산꾼들이 괘씸하여 나무라다가
추월춘풍 무한의秋月春風 無限意 현판을 보며
본전 앞에서 배낭을 고쳐 맨다
4백 살의 소나무들이 황토 흙 곱게 깔린 절 마당에서
이 모두가 어울리지 않는다고 중얼중얼
진돗개 쪽으로 팔을 길게 뻗는다

한겨울 공원

목도리 감싸고 산보하는 한두 사람의
걸어가는 발길에 걸리적거리지 않게
매서운 바람이 비질을 한다
한겨울 공원이 부지런하다

눈〔日〕길이 훤하게 나뭇잎들을 다 털어내고
가지 사이로는 피안彼岸도 보이게
팔이란 팔 모두 들어 올려 하늘로,
한겨울 공원이 친절하다

벤치가 비고 야외극장의 무대가 비고
그러면 무대 너머 춤추는 한강이 있잖아요
있잖아요, 한강 물이 촐싹거리면
한겨울 공원이 따스하다

평화호수

잔걸음 바장이다가도 바람이 스치면
호수는 전율한다
수양버드나무 두어 그루
초록 실타래를 바람 부는 쪽으로 빗금 긋고
미루나무 줄지어
손끝을 허공으로 사르어 보낸다

나무 갑판이 포근포근 소리를 내며
그녀의 가슴에 사람의 길을 내어주고
물억새 물에 잠겨 있는 곳
쑥부쟁이, 개망초, 창포 잎들은
아, 슬프구나 가는 목을 흔들며
차가운 호숫물에서 발목을 빼내어
물가에 무리 지어 서성거린다

저녁 햇볕이 쬐는 쪽으로
무희舞姬의 반짝이 치마폭을 펼치는 호수
끝없이 따라가면 대봉의 발간 알 하나

하늘의 등에 업혀 있다

갈대가 둘러선 대로 호수는 둥그러지고
제 키를 호숫물에 거꾸로 누인다
호수는 온몸으로 휴식을 부른다

크리스마스 시즌

이유도 모를 설렘으로
저마다 한 치쯤 들어 올린 어깨
방안에 가만히 앉아 있지 못해
징징 징글벨 노래의 파도
징징 징글벨 사람의 파도
외투에 모자에 목도리를 두르고
코끝 싸한 선바람 쐬며
거리로 나온 분주한 눈짓들

마리아가 구유에서 아기를 낳으셨대

―아, 아기 예수

슬픔이 따개비로 붙어 있는 온누리
포근한 은혜로 흰눈이 내리리니
이유도 모를 기쁨으로
눈보다 서늘한 순수의 카드를
저마다 한 손에 들어 올리고

거리로 나온 기대의 눈짓들
헤미는 반짝이는 크리스마스카드를
하늘 멀리 연으로 띄워 보냈대

그곳에서 동방박사도 찾아오셨대

—아, 아기 예수

고택古宅

뒤뜰에 작은 산 둘러놓고
그 너머 더 높은 산 세워놓은 어머니

흰 저고리 검정 치마에 쪽찌고 앉아
순종의 이마
대문 쪽으로 약간 수그렸다

안방문 대청문 사랑문 부엌문 헛간까지
탈곡기 풍구채 지게 소쿠리 다 내놓은
二자 모양의 다섯 칸 남향 어머니
나를 품어 안으려 한다

개다리소반은 부뚜막 구석에
살강에는 식기를 가지런히 엎어놓고
문짝마다 들쇠에 걸어 처마에까지 달아 올린 대청마루에는
통통통 다섯 살 아이의 달음질로
햇빛을 앞세운 바람이 들고
앞산 봉우리도 처마끝에 와서 고개 삐죽 내민다
〉

어머니 몸 열어 나를 내놓듯이
다시 몸 열어 안으로 들이려 한다

대지에 아랫도리를 깊숙이 묻고
사방 튼튼한 귀기둥을 놓아
시간 저쪽의 시간을 세우고
공간 저쪽의 공간을 잡는다
마당 가 연못에서 개구리도 숨죽인다

시클라멘

테이블야자 무릎 아래
네가 살았던 흙을 버렸는데
네가 살았던 물렁한 비닐집은 쓰레기통에 버렸는데
너의 몸은 이미 세상을 떠나 네가 덮고 살았던 흙이불만
테이블야자의 뿌리에 살짝 덮어주었는데
이 겨울에 줄기와 잎이 돋아나더니
날마다 꽃망울이 커지더니
홍색·자색 꽃잎이 터진다!
버린 흙 속에는 네 둥그런 알뿌리 하나가
무덤 속인 양 누워서 잠을 잔 것일까

　—가야국의 난초는 7백 년이나 캄캄한 어둠 속에서 잠을
잔 것일까

　키 큰 테이블야자는 마실 물을 너에게 빼앗기고
　껑충하게 전잎조차 달고 있는데
　엄마의 우산처럼 그 아래 아이들처럼 비집고 서서
　수십 송이의 나비 날개를 반쯤 펴고 있다
　〉

―가야국의 난초는 너무 오래 잠을 자서 큰 꽃 한 송이만
터진 것일까

청사과 모양의 초록 이파리를 운두인 양 두르고
세상에 처음 나온 웃음 한 다발
한겨울 베란다에서 시끌시끌 시클라멘!

2부

조팝나무

향香

까치 혓바닥 몸
종잇장 가벼운,
누가 제 몸 우려내면 향내 나랴
자식 몸 던져 에밀레종 만들듯이
말리고 볶여서 뜨거운 물에 던져지면
평생 몸 닦은 그대 향내 나리니
누가 제 몸 우려내어 남의 기쁨 되랴
그 향물에 있는 듯 없는 듯 조신한
그대 미소 번지리니
그 향 갖고 싶어 사람아,
무릎 꿇고 절로 마시니

조팝나무

한둘 두셋 끼리끼리 대학 정문 앞 놀이터에
젊은이들 앉아서 서서 몇 발짝 떠서
캔 마시고 갈갈거리고 걸걸거리고 두셋 서넛 끼리끼리
토요일 오후
놀이터 입구 양편에는 줄줄이
팔찌 발찌 귀걸이 목걸이 브로치 늘어놓고
좌대 위에 알전구 켜서
마음껏 반짝 반짝이
자잘자잘 고물고물 노리개들

노인 하나 야윈 어깨를 목에 붙이고
이들 속에 언제 들어왔는지,
찌든 점퍼의 주머니 뒤집어서
콩 껍질 탈탈 털어낼 때마다
꼬약꼬약 모여들어 목을 뽑는 비둘기들이
노인의 발등을 쪼고
맨땅을 쪼고
아기를 끌어안듯 손을 내민 노인의

팔목에 손바닥에 비둘기들 앉는다

비둘기가 노인과 부자父子처럼 어르자
아기작거리며 모여든 젊은이들을
노인은 쳐다보며 고물처럼 묻은 그의 나이를
조금식 떼낸다
비로소 온전하고 확실한 저 눈빛

귀룽나무와 나비

흰 꽃을 피운 귀룽나무 집 한 채가
향내 진동하는 꽃술 밖으로
서늘한 꽃궁전의 둥긋한 지붕 밖으로
나비 한 쌍을 내보낸다

북한산 골짜기는 파란 하늘 벽을 따라서
하얀 두 날개를
폈다가는 접고 오므렸다가는 다시 펴 날아가는
나비들의 낭떠러지다

앞서는 나비가 얽다가 뒤서는 나비가 섥다가
동그라미 그려서 터뜨리는 허공 속에서
멈출 수 없어 마침내 부서질 듯이

끌고 당기는 팽팽한 사랑놀이 끝에
나비 한 마리는 갑자기 숨고
남은 한 마리는 날갯짓 빨라져
귀룽나무 깊은 심장에 바람 한 점 부서진다
〉

흰 꽃 한 채 등지고 사라진
나비의 시체가 허공에 가득하다
시체에 가린 하늘이 꽃궁전 안으로 숨는다

홍수 앞에서

간밤 내내 몽둥이 억세게 얻어맞았다
몇천 배로 부푼 몸뚱이
분노가 화산 구름으로 뭉치었다

분노에 분노를 쌓아 목청 돋우는
굶주린 쥐 떼가 몰리어 간다

몰리어 가다가 부풀어 오르다가
굴러떨어져 이내 체념을 하는
부드러운 입술의 황톳빛 거품

목표를 바라고 젖 먹던 힘으로 달린다
곤두박질하다가 우레 친다

물가에 우두커니 서서 내려보는 이들에게
어서 뛰어내리라고 소리지른다

나무 막대 하나로 몸 오므려

허공에 내던지라고
고통처럼 날카롭게 이들을 부른다

저 부드러운 황톳빛 팔다리에 섞이어
내가 맥없이
분노를 따라 한몸으로 내달린다

물음표 세 개

물오리 세 마리가 호수 위를 걸어오네
세 개의 물음표를 거꾸로 세웠네
호수는 꽁꽁 얼어
한 뼘도 그들의 집을 남겨놓지 않았네
물음표의 꼬리를 하늘로 뽑아
뒤뚱뒤뚱 미끄러지다가
우린 이제 어쩔거나
지구는 점점 식어가고
북극의 얼음판이 되고
이쪽으로 우르르 가봐도 우리가 살 물의 집이 없네
저쪽으로 우르르 가봐도 우리가 살 물의 집이 없네
아, 이거 어쩌지, 몸을 거꾸로 뒤집어 보이며?
구경만 하지 말고 도와줘 봐
손발이 시린데 해 떨어지는데
물음표 세 개를 갸우뚱 모아
여기서 밤을 새우면 어떡하지?
어둑어둑 캄캄해 오는데 어떡하지?

시간은

  왼쪽에서 오른쪽으로 일직선을 그으며 간다

  나는 왼쪽에서 오른쪽으로 글을 쓴다

  왼쪽은 과거이고 지금 쓰고 있는 쪽은 현재이고 아직 안 쓴
오른쪽은 미래이다

  지금 쓰고 있는 내 손은 계속하여 오른쪽인 미래로 자리를
바꾸어 간다

  현재는 활발하게 움직이면서 바로 이 자리라고 펜 끝으로
말한다

  과거는 그대로 기억의 창고에 머물러 있다가 꺼내면 희미
하게 나타난다

  미래는 아무도 모르는 캄캄한 밤을 헤쳐 나가기 위해 현재
를 만들고

  드디어는 과거와도 한통속이다

  현재 과거 미래가 하나로 뭉쳐 오늘은 밍밍한 펜 끝이다

그쪽으로

−함동선 시인 산수傘壽에 부쳐

바람이 불면 부는 쪽으로
눈이 내리면 내리는 쪽으로
나무는 고개를 돌리며 산다

아차, 놓쳐버린 어머니의 손은
약관의 나이에
황해도 고향 기슭에 매어두고

나무 같은 시, 시 같은 어머니 일구며
두 눈은 크게 망울져
구름이 어리었다

그쪽으로는 비둘기도 날아가 앉고,
차곡히 쌓이는 일월日月이
산수다

거인바위

제 등에 공룡의 발자국을 새긴 이
는 이집트의 람세스가 카르나크 궁전의 기둥으로 새겨놓은 이
는 허리춤에 음흉한 구멍을 뚫어
오래오래 동굴을 파고 들어가 버린 이
는 한여름 나무숲에 숨구멍을 후벼 파놓고
산골짝 여기저기 흩어진 그들의 마을에
산꾼들 허위허위 찾아들 때는
저잣거리 칸막이 부수고
집채 같은 몸 한번 뒤채는 이
는 흐벅진 삳 끼고 도는 길목에서
제 긴 나이에 긴 먹줄을 왼쪽에서 오른쪽으로 긋는 이
는 다섯 살 때 딱 한 번 만나본 음성의 아버지
는 허공을 뚫고 나뭇잎을 뚫고 드는 햇살을 받아
바람 일구어 되반작이는 이
는 맨몸들을 서로 걸터듬으며 크슥크슥 웃는 이
는 하산하는 산꾼들에게 카메라를 터뜨려주고는
왁자지껄 그들의 너스레는
몽땅 잡아 잡수시는, 배가 큰 이는……

중국 고전음악을 들으며

아무리 발버둥쳐도
개미 같은 사람들은
태산을 다 바라보지 못하네

아무리 발버둥쳐도
태산끼리 어울려 사는 마을에서는
개미 같은 사람들은
세월을 다 살지도 못하네

체념에 화해를 섞어 버무리며
가늘게 휘늘어지겠네

단조單調의 아녀자 소리로
여유를 부리겠네

아무리 발버둥쳐도
무량수無量數 바람을 따라잡을 수 없네
무량수無量壽 태산을 다 오를 수 없네
〉

내가 먼저 손 내밀고
안 들릴 때까지
태산의 열두 굽이를 휘겠네

소리가 안 나올 때까지
하염없이 하품할 때까지
바람의 끝을 노래하겠네

명화 감상

1. 고흐의 신발

호오, 입김을 부니 야들야들 허물어진다. 눈 한 번 마저 흘기니 뼛가루가 날린다. 신발 끈 풀어 헤친 한 짝은 엎어져 해바라기 밭고랑을 천 번도 더 넘은 밑창이 엿보이고 한 짝은 구두 혀 헤벌쭉 하늘 한 자락 베어 물고 멀리 토한다. 걀쭉한 구둣목 속에는 밭고랑에 이는 서늘바람과 농부의 관절통이 아직도 고여 있다

2. 르네 마그리트의 신발

맨발로 선다. 아니, 신발로 선다. 신발을 클릭하여 앞코를 지우고 발가락을 가져다 붙인다. 아니, 맨발을 클릭하여 뒤꿈치를 지우고 신발을 가져다 붙인다. 맨발과 신발이 반반씩 붙어 하나가 된다. 정강이까지 치올라 온 구둣목을 향그런 햇살로 채우기에는 눈길 자갈길이 괜찮을지 몰라. 그래서 맨발이 튀어보자 하고 신발이 바싹 뒤따라간다

3. 앤디 워홀의 신발

 네모 격자格子 안에 뒹굴고 있는 여자 신발, 보는 사람 눈을 찌르는 뾰쪽 뒷굽에다가 가슴을 때리는 튼튼한 앞코에다가 눈멀고 가슴 멍들 때까지 신발은 흩뿌려 놓은 다이아몬드 가루다. 네 신발 내 신발 가리지 못해 수두룩이 쌓인다. 매스미디어의 사생아들, 희고 검은 피부의 개성을 찾아 어머니는 날마다 문 열어 묻고 슈 가이*는 여성을 꿈꾼다

* shoe guy : 신발을 너무 좋아하여 붙여진 앤디 워홀의 별명.

진지왕과 도화녀

왕은 도화녀가 보고 싶었다
미복微服을 하고 장텃길을 한 바퀴 돌면서
맨 처음 본 그때부터
장텃길의 그녀가 앞치마 안에 손을 묻고
양 볼에는 복사꽃이 피어나는 그때부터
회오리바람이 불어와 가슴을 후리고 지나갔다

왕은 그녀가 보고 싶었다
한밤이면 그녀의 집을 찾아
용포龍袍를 벗고 미복을 입고
미복을 벗고 귀복鬼服을 입고 왕궁을 빠져나와
그녀의 싸리나무 울타리를 넘었다

초가집 흙벽을 넘고 그녀에게
정신이 혼혼하여 까무러친 그녀에게
나는 저승에서 온 당신의 애인, 소리가 방안 가득 스며들고
이승의 밤이면 밤마다 은밀한 사랑이 스며들고
〉

열매로 얻은 아기 비형랑을 이승과

저승 사이로 그네처럼 흔들고 있다, 도화녀는

남자 대 여자

짧은 머리 곱게 가르마 타서 누이고, 신파조로
흰 와이셔츠에 넥타이 매고
우와기 입고 쓰봉 입고
굽 낮은 넓적구두 신은
턱에는 희미한 면도 자국, 그뿐인데

뽀글뽀글 파마머리 바가지로 엎고, 신파조로
머리핀으로 단장하고
꽃 빛깔 투피스에 화장을 하고
핸드백 걸치고 뾰족구두 똑딱거리는
면도 자국 없는 밋밋한 턱, 그뿐인데

둘은 꼭 닮은 사람
.눈 코 입 팔다리가 같은 친구

그래도 목욕탕에 함께 가지 못하는
함께 밤을 새울 수 없는
그녀가 그를 보며 실눈을 뜬다

버리려고

오랫동안 품고 살았던
꼬마 책걸상, 문갑, 장롱, 허름한 옷
금이 간 잔그릇들 살림 부스러기들
노예처럼 줄 세워놓고
자유를 주어서 내보낼까
이삿짐 싸서 데려갈까
저울에 올려 달아본다
어슷비슷 팽팽한 소유와 무소유

무소유 쪽으로 기울인 나는
소유할 자에게 내보내려다가
이내 무소유의 끈을 놓아버리고
소유 쪽으로 기울인 나는
버리면 0원인데 가지면 천원이라는
자본주의의 무게를 생각한다
산에 오르기 전에
슬거운 짐 챙기려고

지하철에서

엄마에게는 가오리연
아빠에게는 장난감이 든 가방 한 개를 들려
찬바람과 함께 지하철 안으로 들어온 아이 자매가
경로석 노인들과 나란히 의자 하나에 비집고 앉아
고단하여 잠이 저절로 오는데

똑같은 원피스를 인형처럼 맞춰 입은
큰애는 눈 감고 순하게 잠이 들고
작은애는 두 눈 질끈 감고
나비 날개처럼 입술도 접었는데

전동차 바퀴는 덜커덩거리고
먹구름 같은 캄캄한 잠 속으로
이대로 떨어지기가 무서워
엄마, 나 쪼끔만 업어줘
의자에 들린 다리를 훌쩍 내려
서 있는 엄마 뒤로 돌아가 업히는데
〉

이제 됐어, 나도 언니처럼 잠들 수 있어
엄마 아빠도 바싹 다가와서 날 보고 있네

전동차가 청량리, 청량리 떠들어쌓으니
큰애는 서둘러 아빠 품에 잠 깨어 내리고
작은애는 서둘러 엄마 품에 잠든 채 내리네

대물림

설거지 끝내고 개숫물에 손 헹구고
소파에 돌아와 혼자 도는 TV, 그냥 쳐다보는데
TV 앞에 쪼그리고 앉아 레고 조각을 맞추던 홍아가 손 털
고 일어나서
짧은 다리 달랑 소파에 올리고
나처럼 TV에 눈 맞추면서
보고 싶었어요, 할머니
귀엣말하고는 나와 나란히 TV를 본다

그와 나는 언덕마루에 앉았다
발등으로 떨구던 네 개의 눈이 들판을 건너서 산등을 달리
다가
그 위에 번지는 노을에 눈을 댔다
까만 귀밑머리 가까이 대고 그가 나에게
보고 싶었어요, ……
타는 노을의 심장을 바라보는 내 얼굴도 붉어져
그와 나란히 노을에 그냥 눈을 줬다
〉

마흔두 달 먹은 남자가
쌍육 세 나이의 여자에게
'이히 리베 디히' 하고 속삭인다
사랑이 시간을 끌어와 대물리고 있다

기차 보러 가자
－홍아에게

어서 보러 가자, 기차 보러 가자
교회와 아파트 틈으로
아파트와 학교 틈으로
기차가 지나간다, 사라지기 전에
기차가 코 자러 가기 전에
바앙 방 소리치며 나타날 적에
어서 보러 가자, 많이많이 보자
기차가 오른쪽에서 왼쪽으로 가고
기차가 왼쪽에서 오른쪽으로 온다
하늘에서 내려온 우주선 보듯
빨간 기차, 초록 기차, 검정 기차
타당 탕 땅 구르며 오고 있는
긴 기차 큰 기차 보러 가자
목을 늘이어 눈 크게 뜨고
나보다 몇천 배 힘센 기차
숨죽이며 버티고서 쳐다보자

3부

명랑에 들물 든다

한강변

한강변에 줄줄이 늘어서서 아파트들
한강물에 옹알옹알 드러누워 아파트들
뿌리가 하나
속 깊이 감추고 L자로 붙어서 산다
흥분한 물새 한 마리
누워 사는 아파트를 발로 차올라
허공을 무너뜨린다 해맑은 아침
배 한 척이 아파트 유리창을 짓이기며 간다

한강변에 옹벽으로 늘어서서 아파트들
누워 사는 반쪽의 몸을 끝까지 지켜보고 있다

'한국기행'을 하다

TV 화면 가득 누런 한지韓紙를 깔고
고동색 붓을 들어
산 · 구름 · 소나무 · 보리 몇 대를 그려 넣었다
구름 몇 송이는 흰 벚꽃으로 떠 있고
산은 세 개의 봉우리가 간단하고
까만 보릿대는 바람이 없어도 흔들린다
TV 뒤에서는 힘 좋은 남자들이 조명판을 들고
움직이는 그림판을 따라가며 비추는 것이 보인다
TV 아래로는 숨은 여러 개의 부지런한 발목이 보인다
단순한 선을 그으며 잠깐 왼쪽으로 흐르는 한지의 무대가
수확기의 환한 가을 들판이 되기까지
가볼 만한 꿈의 마을을 보여주기까지
조명판을 든 남자들은 계속 땀 흘리며 따라가고
갑자기 그림 속으로 뛰어든 한 여행자가
야구 모자를 쓰고 자전거에 올라서
다리를 구부려 페달을 잠깐 오른쪽으로
돌리려고 애쓰지만
그러나 그대로 앉아만 있으면 된다

나도 그대로 시청視聽만 하면 된다

* EBS 프로그램 〈한국기행〉을 보고.

태안반도

횟집 여자는 발갛고 달콤한 바다의 살을 가지런히 썰어 식
탁에 올려놓는다. 얼굴이 그을린 사내들이 취하여 흔들린다.
창밖으로 멀리 입을 다물고 있는 수평선

수평선을 뒤로하고 허베이 스피리트호와 해상 크레인선이
싱싱한 바다의 살을 깊숙이 누르며
그네를 뛰듯이 달려온다
한 아이가 새총의 고무줄을 힘껏 잡아당기다가
새총마저 그만 놓아버린다

두 뱃길이 한 새총잡이에서 Y자로 모이고
두 배가 나란히 붙어 한 배로 출렁이면서

북서방 6마일의 바다가 20마일로 넓어진다
와작와작 달려온 해경海警들 속에
태안반도가 20마일로 검은 피를 쏟아낸다

자원봉사자 246만의 개미 손이

돌멩이 한 알 한 알을 닦아내는 태안반도는

봄이 와도 시름에 겨웁고 지금

송림공원에 비 내리고

마을 사람들의 머리 위로는 소문처럼 벚꽃이 환하다

강원도 산길

한 산이 또 한 산을 뒤로 밀치고 앞으로 나서며
가로막다가

큰 나무들 이름 모를 골짝의 한 모퉁이에 세워 기다리게 해
놓고
오솔길 한 가닥 내밀어 펼쳐 보이지만
액셀을 부르릉부르릉 밟으면 이내 거둬들인다

찰옥수수 감자전 산채밥 간판이
우우우 몰려나와 길가에 서고

강원도 산길은
제풀에 무너졌다가 다시 제 자리 가다듬는다

천자산天子山 바위봉들

석순石筍이 동굴 밖으로 나와 다 자라버렸다
몇백 미터의 키다리들이 쭈뼛쭈뼛
현대적 원시의 빽빽한 도시
무릎보다 이마가 더 튀어나온 포스트모더니스트들이
그만 엎어지겠다
산골 사타구니가 너무 깊어
보여주고 싶지 않단다
홀아비 망부석望婦石들이 몸 다 드러내 놓고
억지로 보이려 하니 오금이 저리단다
꼬마둥이들이 찾아와 떠들어쌓으나……

태백산의 봄맞이

뿌려놓은 흰 비료의 겨울눈이다
산비탈을 덮었다
까만 나목들
알맞은 제 키로 빼곡이 남았다

능선에서 흘러내린 골짜기 골짜기마다
서두르는 아지랑이

쫄쫄 계곡물
겨울이 쫓겨 달아난다

물 마신 잡목들
콩눈을 뜨고
진달래 술렁술렁 꽃망울 트니
햇살의 비단이 산을 덮는다

마을 남정네들이
봄 소리에 튕겨져 나와

녹슨 쟁기 손보는지

장 나들이 나가는 아낙들이
봄옷으로 차려입었는지, 희뜩희뜩

사북舍北 폐광촌

일손 잃은 광부들
슬레이트지붕 보금자리 낮은 흙벽 그대로 두고
흩어졌다

태백산맥을 헐떡거리며 넘어온 칼바람이
남은 석탄가루를 심심찮이 뿌리고 있다

문설주에 미처 못 떼고 남은
흑백사진이 바래고 있다

추녀 한 귀퉁이 폭삭 내려앉고
문짝도 떨어진 석탄회사 건물 사이로
드나드는 허공이
공룡처럼 남은 굴착기 한 대, 삭이고 있다

헬멧을 쓴 광부들이 운송 레일을 타고
석탄 가득 실어 달려오는구나
아낙들 종종걸음 부엌으로 들고

아이들 소리지르며 축구공 차올리는구나

서운해서 한 번씩
적막을 흔들며

명량鳴梁에 들물 든다

들물이 든다, 명량의 한가운데를 차지하고 목포 쪽으로 든다
양쪽으로 밀려난 갓물이 완도 쪽으로 거슬러 썬다
해남의 우수영과 진도의 녹진 사이
3백 미터 좁은 목에서는
깊은 수심水深이 한몫을 한다

일본 수병은 들고 조선 수병은 썬다
몸과 칼과 화살이 서로서로 엉키어
소용돌이치면서 싸움은 점점 커진다
물에 빠지는 수병들과 피를 뿌리는 수병들의
울음을 명량이 받는다

갓물이 더 넓어지더니 들물이 더 좁아진다
수병의 배꼽들이 크게 원을 그리며 퍼져나간다
팽이돌이가 점점 많아진다
거슬러 흐르는 갓물이 수평水平의 유혹을 받는다
물이 끓어오르고 수많은 배꼽들이 사라진다
들물과 갓물이 싸움을 정지하고 빼곡이 서니

수위水位가 점점 살이 쪄간다

물살이 죽고 울음소리도 그친다
휴전과 평화가 물밑작전을 벌이다가
이윽고 목포 쪽의 물이 완도 쪽의 물에게 쓸린다
물소리 그친 사이 조선 수병이 일본 수병을 덮친다

다시 시작한다, 물살이 높아지고 썰물이 썬다
명량의 한가운데를 차지하고 완도 쪽으로 흐른다
양쪽으로 밀려난 갯물이 울면서 목포 쪽으로 거슬러 흐른다
물울음소리 살살 되살아난다
물살이 높아지고 페리호가 나타난다
빨간 해가 거듭나고
페리호가 목포 쪽으로 방향을 잡는다

금강굴 오르는 일

초가을 땡볕을 고스란히 받으며

수직으로 솟은 좁은 계단에 몸을 집어넣으며

한 발 한 발 어지럼 타는 일

해발 천 미터 허공중의

하늘에서 내려온 동아줄 붙잡고

서커스 하는 일

대청봉 중청봉 소청봉을

한눈으로 내리 훑어 보며

마음은 한사코 산봉우리 밟는 일
〉

설악산 웅숭깊은 골짜기

황홀한 황금의 금강굴에 올라서는

사바의 세계 내려다보는 일

고하도高下島 기행

유달산 등지고 앞바다를 허벅지로 끌어안았네
그 너머 서해가 기어오르듯이 막았네

컹컹 어서 나가, 컹컹 어서 나가
다급하게 개 짖는 소리만 두고
여자들은 육지로 나가버렸네
누워서 사는 노인들
길가에 붙어 있는 납작한 슬레이트지붕이
잡힐 듯 말 듯 민들레꽃이네

충무공요? 나는 몰라요
마주친 한 아낙이 고개를 돌리고
억새꽃 출렁이는 옆에서
그네가 혼자서 4백 년을 휘젓네

사람이 싫어, 사람이 무서워
빈 박스 산더미같이 가려놓았는데
마을 개가 컹컹거리는 끝자락에

어부 한 사람이 나와 그의 배로 걸어가네
한낮에 한 사람이 허공 속으로 들어가네

새 사회복지관은 적막하고
섬은 훈련하는 충무공 병사들이 바람 타고 시끄럽네
섬은 충무공의 닳은 비석과 이끼바위뿐이네

바람과 소나무와 몇 안 되는 주민들과
햇볕은 온순하고 지금은 얼굴 없는 섬이네

관행 북한산행

덕성여대 앞 큰길가에서 모인다
큰길 건너 산 냄새 소소하게 풍기는 산자락에 들어서는
산봉우리를 우러르며 한 발짝씩 떼어 올라간다

등성이 비탈길을 몇 굽이 돌고
진달래능선에 올라선다
헉헉거리는 숨이 조금씩 가빠질 무렵
널찍하고 판판한 솥뚜껑바위에 닿는다

발아래 크레바스처럼 깊은 골짜기 있고
골짜기 너머 눈으로만 가보는
인수대 백운대 장군바위
비바람이 조각한 명품들

대동문 정상에 올라서는
풀꽃들 돌멩이들 옆에서
점심때를 어린아이처럼 보낸다
〉

계곡을 헤치며 하산길에 들어서자
두 손에 로프를 쥐기도 하고
길 모양 따라 구불구불 일렬종대로

일요일에 산은

성큼 다가서는 입체 삼각형 밑변에
이제 막 개펄에서 잡아 온 싱싱한 게들
한 자루 풀어놓았다

'만남의 자리'에서는 일어서자마자
체머리 흔들면서 눈동자 슴벅슴벅
꼭짓점으로 바글바글 오르는 게들을
산은 가슴속으로 흔적도 없이 품어버린다

나무는 팔에 팔을 엮어 천막을 치고
찾아오는 잔챙이들 몽땅 넣어
푸른 여름일수록 넓은 천막가리개
하늘의 매도 솔개도 못 보고 지나간다

북한산 계곡은

폭우 그치자 심장이 부어올랐다
모롱이에서 발치까지
흰 실핏줄 터졌다

바위를 때리며 거품을 물고 휘돌아
치닫다가 두루마리 이루고
조그만 웅덩이로 고여 쉬다가
줄달음친다

산은 움쩍 않는다

원효봉이나 노적봉을 가까이 불러놓고
나무들도 손짓하여

숨 고를 사이 없이
혹은 질탕하게

산은 말이 없고
물은 말이 많다

셰르파*족

셰르파 티베트에서 네팔로 넘어온 사람들
한 아버지는 공항 직원이어서 아들이 헬기를 타 볼 수 있다
남체 마을을 벗어나 멀리 지평선에 맞닿은 하늘까지
햇볕에 그을린 조그만 얼굴의 아들을 올려준다

3,400미터 높이에 천 명 인구가 사는 남체마을에서는
꼬박 이틀을 걸어서 남체바자르에 생필품을 사러 간다
열세 살 셰르파는 야크의 방울 소리 따라 40킬로그램을 지고
스물다섯 살 셰르파는 110킬로그램을 지고 히말라야 등산객
을 따른다

뿌리를 튼튼히 하려고 해마다 모인 수천 셰르파족이
반쯤 고개를 숙이고 앉아서 행사를 치른다
남체 수리 히말라야 초등학생 디끼 소녀는
히말라야 정기를 받으면서 영어도 배우겠다고 소리 높인다

에베레스트 꼭대기에 세 시간 만에 오르는 마라톤대회가
발끝에 먼지를 일으키며 산비탈에서 열린다

바위도 아니고 흙도 아닌 회색 민둥산에
셰르파족이 꼭 붙어 개미만 하다

* 1) 티베트어로 원래는 '동쪽'이라는 뜻. 2) 히말라야 등산객의 도우미.

그곳에 타우바투족이 산다

원시 부족 쪼끼쪼끼가 산을 넘고 계곡을 건너
칠십 동갑친구 바레리를 찾아온다
동굴 앞 바위 모서리에 맨몸으로 나란히
축 처진 앙가슴에 갈비뼈도 나란히 하고
엄지와 검지로 음식을 집어 서로의 입에 넣어준다
맨몸의 조무래기들이 둘러서서 후루루 후루루 타잔의 소리
를 낸다

주상복합 아파트 엘리베이터에서 한 청년이 스마트폰을 누
른다
네이비 더블버튼 카디건에 체크무늬 스키니 팬츠를 입고
노란색 헤어블리치와 물방울무늬 넥타이의 신입생이다
엄마, 내 생일 선물로 은하철도 구구구를 타게 해주, ㅋㅋㅋ
별이 없는 옥상에 떨어지는 별똥별

일곱 살 투팅은 반짝이는 유리창빛 눈을 뜨고서
야자나무를 더 잘 오르겠다고 맨발을 들어 보이고
생수生水 맑은 계곡에 삼단 같은 머리를 적시면서

암 투이는 열일곱 소녀, 친구들을 모아놓고
도시에 나가서 살겠다고 소리친다
젊은 추장 메리얌은 맨몸으로도 제법 의젓해
머리 위 울창한 나무 이파리도 생기가 돈다

삐용-삐용, 비켜줘요, 용용, 앰뷸런스를 가운데 싸고
자동차 매끄러운 등짝들이 한길 가득 깔고 앉아 곁눈만 뜬다
왁자지껄 와글와글 앰뷸런스 안에서 숨을 몰아쉬는 노인이
그의 손바닥에 꺼내놓은 푸른 심장

소년의 다친 발목에 바레리는 약초를 뜯어 냉큼 발라주고
신혼부부는 손을 맞잡고 동굴집 벽장 침대로 올라간다
청년들이 대나무 통을 불어 참새 몇 마리를 사냥해 오면
추장은 서른 명 동굴가족에게 콩알같이 나눈다

잘 가라, 친구야, 우리 다시 만나자
바레리가 바위에 앉은 채 쪼끼쪼끼에게 손을 흔든다
무성한 이별의 나뭇잎들이 두 노인을 덮어버린다

우수영右水營 사람들

해남군 문내면 동외리 우수영에는
'명량대첩제' 열리고 닭모이같이 흩어져 모인
완도 신안 해남 여수에서
한결같은 촌로村老들, 명량전에서 싸운
농민 · 어민의 처자들의 처자들
훌렁한 웃옷에 군살 없는 아낙들
짧은 파마머리 검게 물들이고

진도군 녹진과 해남군 학동 사이
출렁이는 바다에 철쇄를 걸어
왜선이 엎어져 버린 것 보고
남편과 아들을 피바다에 보낸 어미들의 어미들을 보고
주먹밥 해 나르며 강강술래 하는 것 보고

바다 끝 땅 끝
어린 후손들

4부

옹기, 박살 난다

신설新雪

하얀 보자기로 살짝 덮다
금싸라기 햇살이 그 위를 유광코팅하다

눈과 햇살이 서로
반반씩 화해하며 열리는 땅

제막식을 하려나 보다

흰 보자기 틈으로 삐죽이 나온 바위들과
산등성에 수염 같은 나목의 가지들이
현기증을 틔워주지만

가는 눈을 뜨고 기대앉아 흔들리는
기차 속의 엑스트라들
새 왕국을 가로지르다

가야금

1. 자진모리

또드락또드락또드락 또드락 또드락
도락도락도락 도락 도락
동 락 동 락 동 락 희희낙락

제 우리로 흩어지는 말 떼도 아니고

토도록토도록토도록 토도록 토도록
토록토록토록 토록 토록
통 통 통 추 추 추 추적추적

처마밑에 떨어지는 가을비도 아니고

열 손가락 자지러드는 자진모리 동동

2. 진양조

황皇 암새의 허벅다리 휘감은 분홍 치마가
부챗살로 둥그렇게 퍼져
오색찬란한 햇빛을 모으고
그 위에 나붓이 올라앉은 가야금은
잃어버린 왕국 가야를 베개 삼아 슬쩍
베고 누운 봉鳳 숫새
펼쳐놓은 치마를 다 차지하고
발 하나만 맨바닥에 삐주룩하네

어깨와 손목의 관절을 풀어 꺾어
열두 줄 위에서 오르락내리락하는
누에 같은 황 암새의 손가락들
오른손으로 현絃을 튕겨 소리를 낳기 시작하면
현 위에 올라앉아 기다리고 있던
왼손이 이어 받아 놓치지 않고 흔들어서
고요하던 허벅다리가 오음五音을 엮네

봉과 황은 올려다보고 내려다보네

3. 늦은 자진모리

앙가슴에 안고
아자창 안에서

저고리 입는 소리
신방新房을 혼자 왔다 갔다 하는 소리
시아버지 담뱃재 터는 소리
시어머니 새아기 부르는 소리
시집올 때 가마채 삐걱이는 소리
갑자기 죽어버린 신랑의 상엿소리
상여 뒤에 감춘 울음소리
열두 줄에 모아 열 손가락으로 더듬다가
달빛도 고요한 밤
소복한 여자가 대문을 나선다

발자국 따라 가야금도 뒤뚱뒤뚱 따라간다

4. 중모리

손가락 마디마디를 푼다. 술대는 놓지 않는다. 손가락 마디마디를 꺾는다. 술대는 놓지 않는다. 뜨거운 가슴을 꺾는다. 꺾인 가슴을 숨긴다. 치렁한 낭자머리가 살짝 흔들린다. 한 가르마 옆머리가 반짝반짝하여 꽂아놓은 흰빛이다

너는 밀고 나는 푼다. 너는 질문하고 나는 대답한다. 너는 남자 하고 나는 여자 한다. 소리가 풀리고 꺾인다. 뚜걱뚜걱 꺾어지고 조근조근 이어진다. 연둣빛 저고리의 옷고름이 타고, 가는 목을 타고 오른 가는 입이 탄다

5. 고수

오른손에 채를 든 채
왼손은 맨손으로
허리 잘록한 장구통을 안았다
오른쪽은 말가죽 마구리
왼쪽은 쇠가죽 마구리
붉은 줄 매당긴 장구통을
넘보면서 "장구 소리 나야 가야금을 타지"
가야금 여자가 멀찌감치 내려보면
반듯한 흰 두루마기 고수가
"얼씨구 좋다 허이 허이" 어깨를 추스른다
눈과 귀 가야금에 모은다

너는 그쯤 나는 이쯤에서
섞임, 자웅이 맞아들듯
홀림, 음양이 바뀌듯

눈 펑펑 오는 산

옷을 훌렁 벗어버린 떡갈나무 굴참나무 물푸레나무
메마른 손목마다
누가 하얀 눈꽃을 다나

광합성이 끝나버린 쇠뜨기 진달래 찔레덤불
가느다란 몸매마다
누가 두툼한 겉옷을 입히나

소나무 잣나무 푸른 손등에 흰눈 섞은 쑥버무리
사람이 지나면 툭툭 떼어내
누가 청빈淸貧의 보시를 하나

산은 어둑하여 하얀 민이불 끌어 덮고 또 덮으니
통통 불은 고요가 소리소리 치고
내 눈과 귀가 불어터지고

크리스마스카드 속으로

간밤에 내린 눈으로
하얗게 그려놓은
크리스마스카드 속으로 걸어 들어간다

다람쥐와 먹이도토리와 풀꽃들의 뿌리가
꼭꼭 숨어 있는
눈을 밟으며 산속으로 들어간다

크리스마스카드 속으로 걸어 들어가는
발목이 무겁다면서 눈은
뽀드득뽀드득 소리를 지른다

나무줄기 타고 올라간 눈들이
어린 잡목나무에서는
떨어지겠다, 뛰어내리겠다고 속삭거린다

쪽 곧은 수직의 나뭇등걸을 에돌아
기웃한 가지에 올라앉아서는

쳐다만 봐도 후루룩후루룩 몸을 바순다

눈은 둥그런 지평에서만이
크리스마스카드를 두껍게 그리고
까만 점 하나씩 찍어 사람들을 감싸 안는다

하늘과 땅이 장승처럼 아둔한
크리스마스카드 속에서는 사람들의 웃음소리도
헤어 나오는 발걸음도 무겁다

눈 내린다, 태백산

고생대 삼엽충三葉蟲이 움찔거릴 때도
중생대 공룡이 으르렁거릴 때도
신생대 척추동물이 짓밟을 때도
선사박물관에서는 시간 맞추어 다 내보내고

상고대인지 수빙樹氷인지 무송霧淞인지
서릿발 매서운 바람으로 나를 후려치니
알카에다 여단원, 눈만 내놓은 복면을 하고
고주목古朱木의 뼈가 앙상한 정상에서 무속 마을 소도당골
까지
칼바람 맞으며 허공에 발을 내딛으며

순백의 향연에 나를 초대해놓고서 태백산은
눈도 못 뜨게 최루탄 먹이고
힘찬 산맥의 파노라마로 뒤흔들고
눈물 콧물 뿌려가며 맛보라 한다

장군봉 정상에 햇살이 꽂힌 천제단에서는

흰눈을 바람에 버무려 제 올리고
하단에서 부쇠봉으로 이어진 등성이에는
얼음 옷 걸친 단군님의 희미한 발자국도 보인다

백두대간에서 도래기재로 화방재로
피재의 은대봉 금대봉 비단봉으로
하늘에서 내리는 하얀 가루새에 태워서
태백산 바람이 나를 날라다 줄까

눈보라 눈송이로 내 눈을 감겨 맴돌려 놓고
고생대 중생대 신생대에 나를 젖게 할까

설산행雪山行

볼록 능선 따라 기어 오르고
오목 능선 따라 기어 내린다
눈〔雪〕으로 닦아낸 청옥색 하늘을
우럭우럭 쳐다보며 솟아 있는 산봉우리로
볼록 능선 따라 또 기어오른다
내닫는 눈〔目〕길에는 푸릇푸릇 침엽수림
눈 부라려 쳐다보는 앞에
산의 비듬 맥없이 털어내고, 아득하여
기어 내린다. 어둠 휘청한 산의 계곡
기어 내린다. 옷 벗어 까만 기둥의 나무가
질펀히 널린 산자락
산의 살 더욱 하얗고
산꾼들의 말소리 더욱 하얘져
하얀 어머니의 허벅지를 조심조심 밟으며
또 기어 내린다

이름 1

가슴에 이름표를 달았다
초등학교 60명 학생 이름이 다 달랐다
같은 이름을 선생님은
맘대로 다르게 고쳤다
키가 큰 구심은 큰구심
키가 작은 구심은 작은구심
고친 이름표를 달고 학교 문을 드나들었다
그 사람에 그 이름이라야 꼭 어울렸다

이름이 사람보다 명命이 길다
이름이 그림자보다 더 웅성거린다
해가 지면 그림자는 나를 버리지만
이름은 나를 따라 한 이불 속으로 들어온다

누란 고성 신장문물고고연구소에 사는 〈긴 소매 상의〉는
팔이 뜯기고 옷고름이 떨어져 나가도
빨강 · 노랑 · 하양 · 갈색 비단 천으로
2천 년 가까이 이름을 외치고 있다

이름 2

사물에게도 이름이 딱지처럼 붙었다

누란의 샤오허 묘지에는 불그죽죽한 타원형의 나무 얼굴이
도드라진 활모양의 눈썹
움푹 들어간 해골의 눈
튀어나온 코와 ㅁ자로 벌린 입으로
죽은 자 대신 살아가고 있다
이름은 〈사람 얼굴상을 한 목각〉

책상은 책상이라는 이름
만년필은 만년필이라는 딱지가 붙었다

책상은 사람이 그 앞에 앉은 널찍한 판자
앉은키에 알맞은 크기로
나무나 플라스틱 네 다리로 지금도 버틴다

만년필을 물이라고 하지 말 것이다
빨간신호를 파란신호라고 하지 말 것이다

이름 3

평판에 떠오른 이름이 있다
명예로 받치는 이름이 있다

이름 난 사람
이름 남긴 사람
이름 날린 사람

신장 위구르자치박물관의 〈도제 납골기〉에는
본래 있던 해골을 치워버리고 빈 그릇
머리를 잃어버린 모자

붉은색 진흙 도기는 동글납작한 양푼에 앉아 '웃스아리'라
고 불린다
웃스아리에는 정교한 문양 틈새로 천오백 년 전의 도공의
손가락이 드러나고
또 한 번 '웃스아리' 하면 눈물을 흘리는 도공이 보이고

줍다고 쓰는 도공의 모자
덥다고 쓰는 도공의 모자

이름 4

국민의 명의로 눈물을 벤다
국민의 자격으로 눈물을 자른다

모자를 잘 안 쓰는 우리나라 사람들
모자를 많이 쓰는 구라파 사람들

혜초는 『왕오천축국전』에 "소륵으로부터 동쪽으로 한 달을 가면 구차국(쿠차)에 이른다…… 쿠차에는 절도 많고 중도 많으며 소승법이 행해지고 있다. 고기와 파, 부추 등을 먹는다……"

'쿠차키질석굴'은 먼 빛으로 연노란색 돌산. 돌산 하나를 의지해 집을 세우고 마을을 만들었다. 들어가는 돌계단을 한참 허덕거리면 집보다 조금 더 노란색 철난간을 가져다 저마다 붙여놓고 돌산으로 토방을 깔고 벽과 기둥을 세우고, 방바닥을 펴고 지붕을 이고, 지붕의 돌고랑 무늬를 새기고, 봉창을 뚫어 그 안에 들어가 숨쉰다. 돌산 하나에 기댄다

노란 돌산 하나에 눈구멍들이 뚫려 있다

하늘빛 청자

가난한 형이 잘 사는 동생집에 가서 겨라도 달라면 소를 먹일 것도 없다면서 야단법석이다. 형이 지게를 지고 눈 쌓인 양지쪽에서 나무를 긁으며

"설눈은 쌓이고 설밥은 없고 우리 부모 어떡하나"고 소리치자 건너편 골짜기에서 똑같은 소리가 되들린다. 그곳에 있는 염소에게 물으니 자기가 그랬다 하므로 그 염소를 끌고 동네에 내려와

"말하는 염소 보쇼. 말하는 염소 보쇼!" 하니 동네사람들이 모두 모여들어 염소가 말하는 것을 보고, 돈을 던져준다. 염소를 끌고 이 동네 저 동네 돌아다니면서 돈을 잔뜩 모아 집에 오니 이를 본 동생이 형의 염소를 빌려 형이 하는 대로 마을로 돌아다니며

"말하는 염소 보쇼. 말하는 염소 보쇼!" 하고 외쳤으나 염소가 말을 하지 않자 골이 잔뜩 나 염소를 산으로 끌고 가 바위틈에다 죽여놓고 돌아와 형에게 사실을 말한다. 형은 울면

서 염소의 뼈를 주워 모아 울안에 묻는다

그곳에서 대나무가 무럭무럭 자라더니 나중에는 하늘에 있는 돈 보자기를 찔러 구멍이 나고 집 안에 가득 돈이 쏟아진다

동생이 이를 보고 또 염소의 뼈를 주워다가 울안에 묻으니 그곳에서도 대나무가 자라 하늘에 있는 똥보자기를 찔러 동생은 똥에 파묻혀 죽는다

시치미를 뗀 하늘은 파랗고 고구려 사람들은 하늘이 좋아
하늘빛 청자를 굽네
땅의 흙으로 초벌 청자를 만들고
철분이 든 청록색 잿물을 입혀
천년학도 구름도 새겨 넣고 흙으로 만든 가마터에 넣으니
하늘과 땅이 한몸이 되어 고구려에 누웠네
고구려에 터 잡았네, 하늘이 돈보자기를 터뜨리네
몽골의 우르항가이에서 바람의 아들들이 말을 타고 달리네
초원의 아침, 하늘 끝에 서 있는 염소 떼를 보고 달리네

산등 같은 말 등에서 태어나 말 등에서 살다가 말 등에서
죽으면
청잣빛 하늘로 가네

* 민담民譚을 패러디함.

빗살무늬토기

노란빛 감도는 갈색 빗살무늬토기에 밥 한 그릇 담아
보리밥, 콩밥, 조밥, 쌀밥 담아
신석기시대 선조들에게 밥길[食道] 틔우고
밥그릇 못 찾는 선조들에게는
흙 한 덩이씩 떼주고
그리운 선조들 다 만나보고파서 제사 지내주고
생살 틔워주고
테그럭 토그럭 텍 텍 떨어지는 흙덩이
살덩이 붙여주고

두꺼비와 차돌이 두 소년이 한마을에서 형제처럼 지내는데 두꺼비는 가난하고 차돌이는 부자. 차돌이가 두꺼비에게 "두껍아, 내가 우리 집 은수저를 쌀독에 감춰두면 부모님이 찾으실 게 아니냐. 그러면 내가 '두꺼비가 점을 잘 치니 불러서 찾도록 하자'고 해서 너를 부를 테니 점치는 척, 쌀독 안의 은수저를 찾아주면 우리 엄마가 상금을 줄 것 아니냐." 그 후 두꺼비가 점을 잘 친다는 소문이 고을로, 지방으로, 상감이 사는 궁궐로, 중국에까지 명성을 떨친다

〉

중국에서 옥새를 잃어버려 두꺼비를 부른다. 중국 임금이 뒷간을 갔다 나오는데 두꺼비 한 마리가 튀어나온다. 임금이 옆에 있는 차돌로 눌러놓는다. 그러고는 방에 들어와 점치기 두꺼비에게 "오늘 내가 변소에 갔다 돌아오다 이상한 일을 보았다"고 하니, 점치기 두꺼비는 가슴이 답답하다고 혼잣말을 한다. 중국 임금은 자기가 두꺼비를 돌로 눌러놓아 그런가 보다고 생각한다. 이 말이 중국 땅에 퍼지자 옥새를 훔쳐 간 도둑이 듣고는 달려와 옥새 감춘 곳은 연못이라며 목숨만 살려달라고 애원한다

　다음 날 두꺼비는 자신만만한 태도로 임금 앞에 서서 연못에 옥새가 있으니 물을 퍼보라고 한다. 임금은 옥새를 찾고 자기 딸과 결혼시켜 두꺼비는 부마가 된다

　오, 벌거숭이, 화려한 옷을 입히고 다디단 풀뿌리, 산뜻한 야채를 빈 자루에 집어넣어 줘도
　저녁마다 숲길을 찾아 두 다리를 돌려줘도
　끝내는 목숨마저도 던져버리는 빗살무늬토기

* 민담을 패러디함.

111

옹기, 박살 난다

밑구멍이 찢어지게 가난한 장님이
나무 그늘에 앉아 살아갈 궁리를 하느라고
중얼중얼, 옹기장수가 지나가다가 엿듣는다

그 속은 조금 어두울 뿐 빛을 먹고 사는 것뿐
운두가 조금 높고
중배가 조금 부르고
전이 달려 있는
뜨거운 불에 구워진 진흙 몸에
잿물 양수는 둘러쓰지 않아
까슬까슬 윤기 없는 피부

"달걀을 하나 사서 이웃집 닭장 병아리 까는 데 넣었다가
암평아리 같으면 잘 길러 다시 알을 내서 또 병아리로 부화시
키고 그 병아리를 길러 알을 낳으면 알도 팔고 닭도 팔고 그
돈으로 송아지를 사고, 또 송아지를 낳고, 소가 여러 마리 되
면 그것도 팔아서 집을 짓고, 나중에 부자가 되면 장가도 들
겠다! 더욱 부자가 되면 첩을 얻고, 그러면 큰마누라하고 자
연 싸우게 될 게야. 만일 그렇게 싸우기만 하면 작대기로 '이

년들!' 하고 때려줘야지"하며, 들고 있던 지팡이로 후려갈기
니 바로 옹기짐이 맞아서 박살이 난다

옹기장수가 "남의 옹기짐을 쳤으니 물어내시오", 장님이
"앞 못 보는 장님 앞에 더구나 인기척도 없이 옹기를 갖다 놓
고 무엇을 물어달라는 거요? 내가 일부러 친 것도 아니요, 나
살아갈 궁리를 하다가 그랬는데, 물어주지 못하겠소"

장님이 깨뜨리기 좋은 옹기에는
옹기장수 닮은 질그릇에는
간장 된장 김치 술을 담아야 제격이지
장님은 독 안에 들어가 푸념을 할 일이지
독을 보아 쥐를 못 치는 것이지
쥐는 독 안에 들어가야 소리치지

옹기장수와 장님은 물어내라, 못 물어내겠다 싸움하고
듣는 이들은 어느 편을 들어줄까 궁리한다

* 민담을 패러디함.

113

요술하는 백자

    가난한 집 소년이 부자가 되고 싶어서 궁리를 한다. 한 노인이 와서 "너, 공부했니?" "했어요" 하니 노인이 "에잇!" 하고 산으로 가버리니 영문을 모르는 소년이 산으로 쫓아가 먼저 가 앉아 기다리는데, 노인이 와서는 또 "너, 공부했니?" "안 했어요" 하면서, 소년이 공부하고 싶다고 말하니, 절간 다락으로 데리고 가서 책 한 짐 꺼내놓고는 다 읽으라고 한다

    3년 동안 다 읽고 노인에게 인사를 하고 떠나려 하는 순간 요술을 가르쳐주겠다고 붙잡아 석 달 걸려 요술을 가르치고 놓아주었다. 집에 돌아오니 어머니는 돌아가시고(소년이 통곡하네) 아버지만 사신다. 방에 들어가 누우니 지붕이 무너져 하늘이 보이고 벽은 비가 새어 얼룩져 있다

  동산에 덩두렷이 뜬 달항아리
  배가 몹시 부른 꿀항아리 물항아리
  속이 텅 비어버린 어머니의 배항아리

  흐벅진 모란꽃, 봄비에 다섯 손가락 쫙 편 어머니

우윳빛 흙에 조선 선비의 서릿발 기운을 씌운
둥글고 소탈하고 당당한 사람들이
찬찬히 바라보며 항아리 속을 가득 채우는

작심을 한 소년이 아버지에게 "제가 어머니 같은 그릇이 될
터이니 장에 가서 파세요" 하니 아버지는 그릇이 된 아들을
지고 장에다 팔아 큰돈을 벌어 집을 짓고 양식을 사고 옷을
만들어 입는다

그릇을 사 간 사람들이 달려와 속았다고 울고불고 하는 것
을 보고 노인이 나타나 그릇을 모두 사서 대장간으로 간다

그릇을 꽁꽁 묶어 시뻘건 쇠를 달구어 부으려 하니
금방 두루미가 되어 훨훨 날아간다
노인이 독수리로 변하여 뒤쫓아가니
소년이 또 좁쌀이 되어 초가집 마루밑을 후비고 들어간다
노인이 다시 닭이 되어 꼭꼭꼭 하며 마루밑으로 들어가니
좁쌀은 그 집 색시 금반지가 되어 손가락에 끼인다

노인은 사람이 되어 금반지를 내놓으라 하니
금반지는 또 좁쌀이 되어 흩어진다
노인은 닭이 되어 쫓아간다
좁쌀은 얼른 독수리가 되어 닭이 된 노인을 채어 먹어치워
버린다

* 민담을 패러디함.

배고픈 터주신

-50원

굶어죽을 지경인 부잣집의 당번귀신, 터주신이
구두쇠 주인에게 고사떡이나 술은커녕 끼니도 얻어먹기 힘
들었다
꾀를 내어 그 집 개를 지붕 위에 올려놓고
미친개인 체하여 주인이 잡아먹기를
국물이라도 한 숟갈 얻어먹기를……

10월도 한가운데는 반금융 자본주의 깃발 내 건 국제행동
의 날
벨기에의 브뤼셀 호케스쿨 대학 카페테리아는
분노하는 사람들의 본거지

구두쇠 껄껄 웃으며
"우리 개 좀 보소! 먼 데서 오는 도둑까지 지키느라고 지붕
엘 다 올라가 있거든!"

"빵 · 요구르트 · 콩 · 수프 · 커피가 500명의 무료 식사
75일간, 마드리드에서 프랑스를 거쳐 브뤼셀까지

걸어서 배를 곯거나 목마른 적 없거든!"

터주신은 다시 외양간에 있는 소를 젖혀
위로 네 다리를 뻗치게 하니
"우리 소 좀 보소! 외양간이 질척거리니까
저렇게 발랑 누워서 젖은 네 다리를 말리고 있거든!"

가는 곳마다 고개 끄덕이는 시민들이 먹거리를 주어서
받은 음식이 너무 무거워

터주신은 다시 구두쇠 머리에 가죽 머리띠를 씌우고
관자놀이 돌려가며 쐐기를 박으니,
"아이구 골이야, 아들아, 이놈의 골속이 어째 됐나 도끼로
패봐야 되겠군!"

숙소는 지자체가 빌려준 체육관, 침낭은 필수품
친환경으로 만든 임시 화장실
〉

죽이라도 쒀서 빌면 얻어먹을 줄 알았던 터주신은
두목에게서 빌려 온 띠와 쐐기를 망가뜨리지 않으려고
구두쇠 머리에서 가죽띠와 쐐기를 벗겨
부리나케 도망치고 말았으니……

"돈은 없지만 필요치도 않다, 문제가 많은 자본주의를 바꾸
기 위해 또다시 돈이 필요한 건 아니다"

카페테리아 뒤켠 프리마켓에는 시민들이 그냥 준
청바지 · 티셔츠 · 구두가 탁자 위에서 주인을 기다리고

50 동전 뒤에는 익은 벼가 고개 수그리니
배부르게 밥 먹고 나머지로 약 사 먹고

* 민담을 패러디함.

119

동그랑땡

−100원

세 청년이 장사 밑천을 꾸어달라고 어떤 부자를 찾아갔다
한 푼씩 꾸어 받은 세 청년
지름 19밀리미터 두께 1밀리미터의 동그랑땡

한 사람은 짚 한 단 사서 짚신 다섯 켤레 엮어 팔아
다섯 푼 받으니
빌린 한 푼 갚고 네 푼 벌었다
100 한국은행 뒤집으니 백−두건 쓴 이순신 장군−원

또 한 젊은이는 창호지와 대나무로
네 개의 연을 만들어 한 개에 두 푼씩 받고 파니
일곱 푼을 벌었다
돈 있으면 개도 멍첨지라, 부자도 동전 안에서는 양반이지

또 한 청년은 편지 쓰는 종이를 구해
벼슬아치에게 절에 가서 공부할 뜻을
호소하는 편지를 보내어
노비와 학비 조로 한 냥을 얻으니

구 푼을 벌었다

월가는 구구가 월월 짖어대다 가는 거리

* 민담을 패러디함.

구름에 눕다
−1,000원

이왕李王의 추리에 감탄한 신하들이
추리에 추리를 더하여 퇴계 이황까지 올라가더라
그 할아버지에 그 손손자의 판결을
하늘색 1,000원 깔깔한 이황이
두건 쓴 가느다란 눈으로 조정 맨 뒤에 서서 보더라

돈 없으면 적막강산이요, 돈 있으면 금수강산이라,
재벌 빌딩의 이태리제 반질거리는 돌바닥에
코를 박으니 몸이 구름에 눕더라

(산속 절벽 위에 네 사람의 시체가 누워 있다. 한 사람은 목
졸렸고 세 사람은 그냥 죽어 있다. 시체 밑에는 네 개의 보따
리와 빈 술병 한 개. 네 보따리에는 돈이 가득하다. 아무도 이
사건을 해결할 수 없어서 조정에 보고하는 마을 사람들)

이를 들은 이왕
"죽은 네 사람은 모두 한패의 도둑들이오"
신하들
"도둑임을 알겠지만 왜 모두 죽었을까요?"
〉

"넷이 도둑질할 때는 합심해서 잘 했지만, 나누어 가질 때는 저마다 욕심을 부리다가 죽은 것이 분명하오"
"그렇더라도 한두 놈이라도 살았을 법하옵니다만"

"네 놈이 횡재한 뒤 산속까지 왔을 때, 술 생각이 나서 한 놈에게 술을 사 오라고 했을 터. 술 사러 간 놈이 돈을 혼자 차지하려고 술에다 독약을 타서 가져왔을 터"
"그러면 술을 사가지고 온 놈은 살았을 법 하옵니다만"

"술을 사러 보낸 다음 세 놈은, 술을 가져오면 우선 그놈을 죽이고 셋이서 나누어 갖자고 했을 터. 술병을 들고 오자 기다리던 세 놈이 술 사 온 놈을 죽인 다음 독약이 든 술을 셋이서 나눠 마시고 죽은 것!"
"(신하들, 더 이상 말을 못 하고)"

장면 서서히 페이드아웃

* 민담을 패러디함.

123

세종대왕이 내 손안에
−10,000원

좌의정이 딸을 출가시킬 때 부인에게, "혼숫감을 마련하는 데 얼마나 들겠소?" "8백 냥쯤……" "혼인날 잔치 비용은?" "4백 냥……"
"내가 알아서 마련하리다"

사랑하는 자녀 돈 걱정 없으니 과외까지 보내면 공부 더 잘하지

혼인날이 가까운데 혼숫감이 아무 데서도 오지 않자 좌의정이, "내 이미 말해두었는데 아마도 상인들이 잊은 듯하오. 내, 정승으로 어찌 한낱 상인배를 탓하겠소? 그러니 헌옷이라도 잘 빨아서 입혀 보내도록 하시오"

세종대왕이 배춧잎 앞에서는 두건을 쓰고 낙낙한 표정으로, 뒤에서는 천문대를 돌리며 "돈 주고 못 살 것은 지개志慨라, 너희가 돈을 알아?"

혼인날이 되었는데도 잔치 준비조차 되어 있지 않자 또 정승이 말하기를 "내, 상인에게 술과 고기 등 잔치 음식을 가져

오라 하였건만 이것들이 다 잊은 모양. 소인배들과 싸울 수 없는 일이니 집에 있는 것으로 치릅시다"

　나랏말쓰미 듕귁에 달아 어린 백성이 니르고져 홀 배 이셔도 니르지 못할 노미 하니라며, 훈민정음 만들다가 눈병 난 세종대왕

　사위는 장인의 인색에 입이 딱 벌어져, 혼인날 이후로는 처갓집 왕래를 끊었는데 몇 년 뒤 정승은 딸과 사위를 불러 새로 마련해 놓은 집으로 데리고 가서 "내, 지난날 혼례 비용을 물으니 천이백 냥이 든다고 하더구나. 그 헛된 낭비를 줄이고 돈을 늘려 이 집을 짓고 땅도 샀으니 너희가 평생 먹을 만할 것이다"

　남태평양 바누아투 섬에 있는 세계 4대 활화산 앞에서는 남바스만 입은 마을 남자들이 하루 종일 뛰다가 구르다가 춤추다가, 뛰다가 구르다가 노래 부르다가. 꺼지지 않는 불씨의 땅에서

* 민담을 패러디함.

5,000

-5,000원

그 여자는 시집가서 날이면 날마다 하는 일 없이 낮잠 자는 세월을 보내니, 시아버지가 집을 잘 다스리라고 훈계하였다. 그 여자, "비록 재산을 모으고자 하지만 아무 밑천이 없으니 무엇으로 재산을 모으겠습니까?" 시아버지가 이 말을 듣고 벼 30석, 노비 네댓 명, 소 몇 마리를 주었다

(5,000을 쥐면 손에서 땀이 나네)

그 여자가 노비들에게 "이 소와 곡식을 가지고 무주 깊은 골에 들어가 나무 베어 집 짓고, 이 곡식 양식 삼아 부지런히 화전火田을 일구어라. 가을이 되면 거둔 곡식을 보고하고 해마다 저축해두어라"

(5,000을 보니 돈 걱정 없어서 시가 더 잘 써지네)

그 여자가 남편에게 "A가 도박을 좋아하니 당신이 한번 찾아가 천석 노적가리를 노름으로 다 따시지요"

(99퍼센트의 입에서 한숨이 터져 나오네. 세계 80나라 1500도시, 한날한시에 5,000이 날아가네)

〉

그 여자가 남편에게 바둑의 묘술을 가르쳐주고는 "이제 되었소. A를 찾아가 대국을 청하고, 첫판은 져주되 2국 3국은 근근이 이기고, 그가 분해서 다시 내기를 하자고 덤빌 테니 그때 신묘한 수법을 써서 다 따 오도록 하세요"

(율곡이 웃는 듯 마는 듯 수확의 가을 붉은 단풍잎 속에서 5,000을 쓰면서 10만 양병설을 헌책하네)

그 여자가 남편에게 "돈을 다 무엇에 쓰다니요? 가난한 사람 도와주고, 귀하거나 천하거나 가깝게 지내거나 그렇지 않거나를 가리지 않고 적당히 베풀 것이며 기걸한 사람이나 지혜와 용기가 있는 사람들과 깊이 사귀되 그들이 집에 오거든 술과 음식을 대접하려고요"

(동굴에 갇힌 오디세우스는 이름을 물어보는 괴물 키클롭스에게 "아무도 아닌 자!", 우리는 아무도 아닌 자를 미워할 수 없네)

임란이 일어나자 그 여자는 남편에게 "저는 군사들의 양식과 의복을 조달할 테니, 당신은 속히 의병을 일으켜서 왜적을

막으세요." 남편은 의병을 모으니 금방 5,000에 이르렀다

　(괴물 우로보로스는 제 꼬리를 제 입에 문, 사랑을 약속하
는 반지네)

* 민담을 패러디함.

내재성과 자연 친화적 상상력

유한근 **문학평론가·디지털서울문화예술대 교수**

1

김규화 시인은 이 시집의 서문에서 "그 시가 무슨 시더라도 나의 소망은 독자들과의 소통"이라고 토로한다. 우리 시의 흐름을 편의상 서정시, 민중시, 실험시로 대별해볼 때, 여기에서 '무슨 시'의 의미는 그 어느 것에 속해도 무방하다는 말이다. 이보다 더 우선하는 것은 독자에 쉽게 접근했으면 한다는 의미일 것이다. 그러나 섣부른 속단이 허용된다면, 이 시집에 관통하는 시 경향은 서정시이다.

21세기에 들어 한국 시의 화두의 하나는 '신서정' 또는 '다른 서정'이다. 그동안 서정 담론은 시인의 자아와 세계의 동일화로부터 일탈한 시의 문법과 발화 방식의 다양성에 대하여도 부단히 진행 되어왔다. 여기에서 김규화 시인도 예외는 아니다.

김규화 시인의 경우, 이 시집에 나타난 시인의 자아와 동일화된 세계는 '자연'이다. 그래서 이 시집은 봄, 여름, 가을, 겨울 등 편의적이지만 의도적으로 사계四季의 이미지로 묶은 것으로 보인다. 그러나 그의 시법 및 발화 방식은 다양하게 나타난다. 그것을 이제부터 탐색해 볼 것이다.

서정시는 자연 친화적 상상력으로 시작되고 자아 발견이나 일탈로 끝이 난다. 나라는 존재가 무엇인가, 혹은 나라는 존재로부터의 일탈이 그것이다. 흄은 자연을 포함한 사물이 반드시 차이를 동반하는 것이 아니라고 해도, 그 사물이 변화된 것으로 나타나는 것은 그것을 응시하는 정신 때문이라고 말한다. 그리고 "서로 다른 나타남을 등록하면서 이를 수축시키거나 중첩시키는 것은 상상력의 역할"이라고 말한다. "상상력은 모든 이미지들을 수축이나 반복된 첨가에 의해 하나의 이미지에 담으려고 한다"는 것이다. 자연물 중 한 사물을 반복적으로 관찰해도 그 차이가 나는 것은 응시된 정신, 즉 상상력의 힘이라는 것이다. 사물에 대한 존재 인식을 자기화하여 정착하거나 일탈하는 것도 이 때문이다. 계절에 따라 그 사물이 다르게 인식되는 것도 이와 무관하지 않다.

봄의 대표적인 사물인 '진달래'를 먼저 보자.

좁다란 산길 양쪽에 울타리 치고
진달래가 따라온다

가늘고 성긴 다리로 받쳐 올린 꽃송이들
둥둥둥 떠서
파란 소나무 곁에도 내 키만큼 커서
진달래 진한 몸 내게 맡긴다
북소리 들리고 바람이 휘청인다

깔때기 같은 꽃 한 송이 따다가
"꽃처럼 붉은 울음" 울지를 못하고 나는
입술에 대고 입술 색깔을 만든다
야들야들 몇 갈래로 갓 태어난 사랑이
빨강을 비켜서 파랑을 비켜서 보랏빛 얼굴이
보라, 보라, 햇볕에 몸 드러낸다
부픈 산등성이가 내 눈을 살짝 때린다

산에 불붙인 진달래
보랏빛 보라, 보라
산에 불 식히는 진달래
예쁜 보라 신부들이 되돌아온다

─「진달래꽃 둥둥둥」 전문

이 시는 색채의 역동적 이미지와 자연 친화적 상상력의 효과를

극렬하게 볼 수 있는 시다. 바람에 '산길 양쪽에 따라오며 둥둥둥 북소리' 내며 휘청거리는 진달래. 빨강, 파랑을 비켜 보랏빛을 내는 진달래 얼굴, "산에 불 식히는 진달래"가 신부들로 되돌아온다는 이 시는 꽃나무인 진달래를 새롭게 인식하여 그 인식의 과정을 역동적으로 보여준다. 김소월의 「진달래꽃」과 김규화의 「진달래꽃 둥둥둥」은 고려가요의 제재 전통을 이은 시라는 면에서 비교될 수 있다. 김소월의 것은 원시불전을 원형으로 하고 있고, 피동적이고 이별을 노래하는 데 반해, 김규화의 「진달래꽃 둥둥둥」은 능동적이며 만남을 노래한다. '둥둥둥'이라는 표음어가 이를 뒷받침한다. 전자와 후자 시의 차이는 시적 자아와 대상과의 거리에서도 나타난다. 김소월의 시는 먼 데 반해, 김규화 시인의 시는 가깝다. 이는 자연과의 화해 정도의 차이로 보아야 할 것이다. 그러나 이 두 편의 공통점은 운율이다. 다른 면모의 운율을 보여주고는 있지만.

「진달래꽃 둥둥둥」은 이 시집을 관통하는 운율의 생명성을 보여준다. 이 시의 운율은 시니피에와는 별도로 시니피앙의 반복을 통해서도 나타난다. 위의 시에서 '둥둥둥' '보라, 보라' '진달래' '야들야들' 같은 시어의 반복과 중첩어 사용은 시의 운율을 생성한다. 그것은 시에 생명을 불어넣어 주고 쾌감을 준다. 외재율이 단순한 언어의 반복을 통해서 나타난다면, 내재율은 이미지 및 의미의 반복을 통해서 나타난다. 들뢰즈는 『개념어 사전』에서 반복이라는 의미를 "같은 것의 재생산이 아니라 차이의 역능이다. 또한 반복은 규칙성이 정렬되는 과정이 아니라, 특이성들이 응결되는 긍정적이고 즐거운 과정"이라고 말한다. 여기에서 주목해야 할 부분은 '특이성들이 응결되는 긍정적이고 즐거운 과정'이다. 언어의 반복은 의미를 상기하게 되는 계기를 만들어주기도 하지만, 그것이 특별한 의미를 재생산해 주지 않아도 음악의 리듬처럼 쾌감을 준다. 나는 오래 전 '의미의 시인'으로 평가받았던 김수영 시를 탐색하면서 무의미 미학을 찾아본 적이 있다.(졸작「무의미 미학와 공간 해체」) 언어의 반복을 통해서 언어가 만들어놓은 의미 공간을, 김춘수처럼 회피하지 않고 저돌적으로 부딪쳐 의도적으로 해체시켜 무의미 미학이라는 공간을 새롭게 형성한다는 것이 그것이다. 시「햇빛과 연애하네」가 그 예의 하나다.

가을 산의 나무가 햇빛과 연애하네
가을 산에는 단풍이 든
가을 산에는 단풍이 미처 안 든
불새의 깃털이 수두룩 꽂혀 있네

햇빛이 먼 길을 단숨에 달려와
나무의 몸을 만지고, 반짝반짝
나무는 웃는 눈 노래하는 눈 빛나는 눈을 뜨고
가만히 애무해주기를 기다리고 있네
연애하고 있네

몸을 곧추세우고
엄마 젖 먹고 잠이 든 아가의 입술처럼
이파리마다 조랑조랑 붙어 있네

햇빛은 사랑을 하고 또 하고
나무는 제 몸의 깃털에 불을 붙이고 또 붙이고
붉은 깃털은 더 붉게 노란 깃털은 더 노랗게
화들짝 타는 불새가
불두덩 위에서 불의 알을 낳네

나무가 가을 산을 불사르어 연애하네

　　　　　　－「햇빛과 연애하네」 전문

　시「햇빛과 연애하네」는 단풍 들기를 가을 산 나무와 햇빛이 연애하는 것으로 표현하고 있다. 이 시적 인식과 시어 '반짝반짝' '조랑조랑'이 재미있을뿐더러 자연 친화의 절정을 보여준다. 그뿐만 아니라, '연애'라는 언어 인식이 특별하여 언어 트릭과 햇빛, 불에 대한 이미지의 첨단을 보여준다.

　'연애'의 사전적 의미는 "연인 관계인 두 사람이 서로 그리워하고 사랑함"으로 되어 있다. 몽테뉴는 "정직하게 말해서 연애의 불길은 보다 활기를 띠고, 보다 뜨겁고, 보다 격렬하다. 그것은 맹목

적이고 경망하고 동요하여 언제나 변하기 쉬운 불길이며, 금시 타오르다가 금시 꺼지는 열병 환자의 불길 같은 것이며, 우리들의 한구석밖에 잡지 못하는 불꽃"이라고 말하기도 한다. 연애는 '불'이며 '재'의 이미지를 동시에 함유한다. 이런 연애의 의미를 이 시는 '단풍'으로 표상하며, "화들짝 타는 불새가 / 불두덩 위에서 불의 알을 낳"는 이미지로 표현한다. 햇빛과 가을 나무가 연애한다는 발상도 새롭지만 그것을 표상하는 언어와 이미지도 신선하다.

가스통 바슐라르는『촛불의 미학』에서 "촛불 심지 끝의 화염은 붉은 악과 곧 이를 태워서 없애는 수직 상승하는 하얀 선善의 메타포"라고 말하고, 존재에 대한 과거와 현재의 실상과 허상을 몽상적인 상상력으로 갖게 한다고 말한다. 촛불과 같은 햇빛의 불 이미지는 '생성과 소멸, 고독, 질서, 도덕성, 상승, 꽃, 파괴와 창조'의 이미지를 동적이고 연속적인 몽상을 하게 해준다. 햇빛은 생명과 사랑의 표상이다. 그러면서도 한편으로는 '빛나는 소멸'의 미학이다. 이런 햇빛이 가을 나무와 연애하면서 단풍이 들게 한다. 그 단풍이 빛나는 소멸의 미학인 셈이다. 그리고 '불의 알'을 창조한다. '불의 알'은 바슐라르의 "수직 상승하는 하얀 선善의 메타포"인 셈이다. 따라서 햇빛과 나무의 화합으로 탄생하는 단풍은 치명적인 사랑의 '열정', 그 메타포이다.

2

  김규화 시인의 자연 친화적 상상력은 다른 시에서도 계속된다. 시「2월과 3월 사이」에서는 "3월은 까마귀 / 회색 재를 뒤집어쓴 / 잿빛 포도에 쏟아져 나왔다 / (……) / 까막까치의 발걸음은 방향을 헛딛고 / 쌀쌀한 바람이 회오리쳐 / 겨울의 누런 얼굴을 찌그러뜨린다 / 뒤뚱거리며 부산하게 봄이 온다"고 시간적 개념의 '봄'을 인식한다. 시「산울림」에서는 산사의 산울림을 "각황사에는 진돗개가 두 마리 / 스님도 염불 소리도 숨어버리고 / 잘 생긴 진돗개 두 마리 / 해우소 가는 길에서 목줄 팽팽히 으르렁댄다"고 시각적 이미지로 전이한다.

  그리고 시「조팝나무」에서는 "놀이터 입구 양편에는 줄줄이 / 팔찌 발찌 귀걸이 목걸이 브로치 늘어놓고 / 좌대 위에 알전구 켜서 / 마음껏 반짝 반짝이 / 자잘자잘 고물고물 노리개들"이라는 도시적이고 광학적인 상상력으로 사물을 인식한다. 조팝나무의 잎과 열매를 시각적으로 표현한다. 그런 뒤 노인과 비둘기의 친화 관계 양식으로 묘사한다.

  노인 하나 야윈 어깨를 목에 붙이고
  이들 속에 언제 들어왔는지,
  찌든 점퍼의 주머니 뒤집어서
  콩 껍질 탈탈 털어낼 때마다

꼬약꼬약 모여들어 목을 뽑는 비둘기들이
노인의 발등을 쪼고
맨땅을 쪼고
아기를 끌어안듯 손을 내민 노인의
팔목에 손바닥에 비둘기들 앉는다

비둘기가 노인과 부자父子처럼 어르자
아기작거리며 모여든 젊은이들을
노인은 쳐다보며 고물처럼 묻은 그의 나이를
조금식 떼낸다
비로소 온전하고 확실한 저 눈빛

　　　　　　　　　　　　－「조팝나무」 부분

　위의 시에서 자연과 조팝나무, 노인과 비둘기, 그리고 젊은이의
이미지로 조팝나무의 꽃을 형상화 한다. 자연 친화 상상력은 존재
양식이 아닌 관계 양식으로 이렇게 형상화 하는 것도 창작 방법론
적인 측면에서 가능함을 보여준다. 바슐라르는 이미지로 느끼는
것과 개념으로 인식하는 것은 전혀 다른 차원의 문제라고 말하고
있다. 이 시는 '개념 수준의 이해'를 '이미지 수준의 이해'로 바꿔
놓는 에리고 할 수 있을 것이다. 시의 표현 구조를 은유, 상징, 아
이러니, 알레고리, 그리고 신화 원형으로 분류하여 시 창작 방법

론을 연구하지만, 이 경우는 이 어느 것에도 해당되지 않고 삶의 원형을 자연에 비유하는 이른바 '자연 원형'의 방법은 아닐지?

시 「진지왕과 도화녀」는 신화 원형적인 시 표현 구조의 한 예이다.

왕은 도화녀가 보고 싶었다
미복微服을 하고 장텃길을 한 바퀴 돌면서
맨 처음 본 그때부터
장텃길의 그녀가 앞치마 안에 손을 묻고
양 볼에는 복사꽃이 피어나는 그때부터
회오리바람이 불어와 가슴을 후리고 지나갔다

왕은 그녀가 보고 싶었다
한밤이면 그녀의 집을 찾아
용포龍袍를 벗고 미복을 입고
미복을 벗고 귀복鬼服을 입고 왕궁을 빠져나와
그녀의 싸리나무 울타리를 넘었다

초가집 흙벽을 넘고 그녀에게
정신이 혼혼하여 까무러친 그녀에게
나는 저승에서 온 당신의 애인, 소리가 방안 가득 스며들고
이승의 밤이면 밤마다 은밀한 사랑이 스며들고

〉

열매로 얻은 아기 비형랑을 이승과

저승 사이로 그네처럼 흔들고 있다, 도화녀는

ㅡ「진지왕과 도화녀」 전문

시 「진지왕과 도화녀」는 『삼국유사』의 이야기를 원형으로 하여
현대시로 형상화 한 작품이다. 신화 원형적 관점에서 볼 때, 현대
문학 작품은 고전을 원형으로 하여 재창조한 작품을 좋은 작품으
로 평가한다. 제재 전통이나 주제 전통적인 측면에서 그러하고 그
신화나 설화가 현대인의 삶의 원형이 되고 있으며 상징적이라는
점에서이다. 도화녀桃花女와 비형랑 이야기는 『삼국유사』 「기이편
紀異篇」에 실려 있다. 신라 제25대 진지왕眞智王은 아름다운 도화
녀를 사랑한다. 임금은 그녀를 탐내어 그녀에게 프러포즈한다. 그
러나 그녀는 두 남편을 섬길 수 없다고 거절한다. 진지왕은 남편
을 죽이고 그녀를 7일 동안 취한다. 그녀에게서 태어난 아들이 비
형랑이다. 진지왕의 뒤를 이은 진평왕은 비형랑을 키운다. 비형랑
은 자라면서 귀신들과 사귀며 그들의 괴수가 된다. 하룻밤 사이에
귀신들을 시켜 다리를 놓기도 하고, 길달吉達이라는 귀신을 조정
에 천거하여 정사에 관여했다는 이야기이다.

이 이야기를 원형으로 해서 이 시는 진지왕과 도화녀의 사랑 모
티프를 현대시로 형상화 한다. 이승과 저승이라는 관념적 공간을

초월한 사랑을 신화적 내러티브로, 그리고 자연 친화 상상력으로 현대적으로 변용시킨다. 도화녀를 처음 본 진지왕을 "장텃길의 그녀가 앞치마 안에 손을 묻고 / 양 볼에는 복사꽃이 피어나는 그때부터 / 회오리바람이 불어와 가슴을 후리고 지나갔다"로 표현하고, 그녀와의 사랑 행위를 "미복을 벗고 귀복鬼服을 입고 왕궁을 빠져나와 / 그녀의 싸리나무 울타리를 넘었다"로 표현한다. 그리고 비형랑은 "열매"로, 그리고 도화녀의 마음을 "이승과 / 저승 사이로 그네처럼 흔들고 있다"고 묘사한다. 이승과 저승을 연결해주는 것을 '그네'로 설정한다. 나무가 인간 삶의 형태를 가장 이상적으로 구현하는 상징물이라고 한다면, 나무의 열매는 인간의 완벽한 발화의 결과물인 셈이다. 그리고 '그네'는 그것들을 가능하게 하는, 저승과 이승을 소통시키는 통로가 되는 셈이다. 치명적이고 가장 고귀한 사랑을 신화를 통해 형상화 한 시가 「진지왕과 도화녀」이다. 인간의 삶의 형태와 욕망을 표현한 대표적인 시이다.

민담을 패러디한 시 「요술하는 백자」도 이런 맥락에서 이해할 수 있다.

가난한 집 소년이 부자가 되고 싶어서 궁리를 한다. 한 노인이 와서 "너, 공부했니?" "했어요" 하니 노인이 "에잇!" 하고 산으로 가버리니 영문을 모르는 소년이 산으로 쫓아가 먼저 가 앉아 기다리는데, 노인이 와서는 또 "너, 공부했니?" "안 했어요" 하면서, 소년이 공부하고 싶다고 말하니, 절간 다락으로 데리고

가서 책 한 짐 꺼내놓고는 다 읽으라고 한다

  3년 동안 다 읽고 노인에게 인사를 하고 떠나려 하는 순간 요
술을 가르쳐주겠다고 붙잡아 석 달 걸려 요술을 가르치고 놓아
주었다. 집에 돌아오니 어머니는 돌아가시고(소년이 통곡하네)
아버지만 사신다. 방에 들어가 누우니 지붕이 무너져 하늘이 보
이고 벽은 비가 새어 얼룩져 있다

  동산에 덩두렷이 뜬 달항아리
  배가 몹시 부른 꿀항아리 물항아리
  속이 텅 비어버린 어머니의 배항아리

  흐벅진 모란꽃, 봄비에 다섯 손가락 쫙 편 어머니
  우윳빛 흙에 조선 선비의 서릿발 기운을 씌운
  둥글고 소탈하고 당당한 사람들이
  찬찬히 바라보며 항아리 속을 가득 채우는

  작심을 한 소년이 아버지에게 "제가 어머니 같은 그릇이 될
터이니 장에 가서 파세요" 하니 아버지는 그릇이 된 아들을 지
고 장에다 팔아 큰돈을 벌어 집을 짓고 양식을 사고 옷을 만들
어 입는다
  〉

그릇을 사 간 사람들이 달려와 속았다고 울고불고 하는 것을
보고 노인이 나타나 그릇을 모두 사서 대장간으로 간다

그릇을 꽁꽁 묶어 시뻘건 쇠를 달구어 부으려 하니
금방 두루미가 되어 훨훨 날아간다
노인이 독수리로 변하여 뒤쫓아가니
소년이 또 좁쌀이 되어 초가집 마루밑을 후비고 들어간다
노인이 다시 닭이 되어 꼭꼭꼭 하며 마루밑으로 들어가니
좁쌀은 그 집 색시 금반지가 되어 손가락에 끼인다
노인은 사람이 되어 금반지를 내놓으라 하니
금반지는 또 좁쌀이 되어 흩어진다
노인은 닭이 되어 쫓아간다
좁쌀은 얼른 독수리가 되어 닭이 된 노인을 채어 먹어치워 버
린다

―「요술하는 백자」 전문

시 「요술하는 백자」는 민담을 '말하기'와 '보여주기' 방식으로
쓴 서사적인 시이다. 시 「하늘빛 청자」 「빗살무늬토기」 「옹기, 박
살 난다」 등도 이런 맥락의 시이다. 시도 일종의 '글'이다. 글의 서
술 양식은 '말하기'와 '보여주기'로 이루어진다. 문장의 형태가 산
문인 소설은 물론이고, 문장의 형태가 운문인 시가 산문 형태로

문장 구조를 차용하면서 그리고 운율보다는 이미지를 중시하게 되면서 시 장르도 '말하기'와 '보여주기' 방식으로 이루어지게 된다. 위의 시 「요술하는 백자」와 시 「진지왕과 도화녀」가 보여주고 있는 것이 그것이다.

　서사학에 대한 관심과 이론은 플라톤의 '디에게시스diegesis'와 '미메시스mimesis'의 권위적인 이론까지 거슬러 올라간다. 그리고 이를 이어받아 새롭게 환기된 것은 제라르 주네트와 S. 채트먼의 화자 이론에서부터이다. 주네트는 『화자담론』에서 플라톤이 서술 방식을 두 가지로 구분하고 있음을 전제하고, "시인 자신이 발화자이고, 그 외의 사람은 누구라도 이야기하고 있는 것처럼 보이지 않게 하려는 방식"을 '순수 서사—디에게시스'라고 규정한다. 그리고 "실제로는 시인 자신이 말을 하면서도 다른 인물이 말하고 있는 것처럼 꾸미거나 이미 발화된 말을 다루고 있는 것처럼 하는 방식"을 '미메시스'라 말하다. 19세기 말에 와서는 영미 비평계의 '요약summary'과 '장면scene' 혹은 '말하기—설명telling'과 '보여주기—제시showing'라는 새로운 용어로 담론이 지속된다. '말하기'가 화자의 중재를 노골적으로 드러내는 이야기 방식이라고 할 때, '보여주기'는 연극처럼 사건이나 대화를 직접 제시함으로써 독자로 하여금 말하는 주체는 없어지고 독자가 직접 경험하고 있는 듯한 환상에 빠지도록 유도하는 이야기 방식인 셈이다. 그러나 이러한 '말하기—보여주기' 방식을 이분법 혹은 대척적인 방식으로 대립시키기보다는 글의 성질에 따라 양식의 적법성을 판단해야 할 것이다. 또는 작가의 개인적인 취향에 따라 다르게 차용되어야 할 것이다. "이 두 개의 발화 양식은 서로 상호 보완적 관계에 있으며 동일한 개념일 수 있다"는 주네트의 말에 유의할 필요도 있다. '말하기'는 서술 행위narration 혹은 서술체이며 '보여주기'를 묘사 행위 description 혹은 담화로 설명하는 것도 유의해야 할 것이다.

인간은 서사적 존재라는 말이 있다. 서사적 존재란 스스로 이야기의 주인공이 되어 이야기를 만들어가는 존재를 뜻하며, 남의 이야기나 자신의 이야기를 누군가에게 이야기하는 존재를 의미한다. 민담의 경우는 전해 내려오는 이야기를 객관적인 입장에서 쓰는 것이 일반적인 방식이다. 그러나 위 시「요술하는 백자」의 줄글로 쓴 부분은 '말하기' 방식으로, 그리고 중간중간에 행을 나누어 쓴 부분은 '보여주기' 방식으로 쓴 것으로 이해해도 좋을 것이다. 그리고 자신의 이야기를 말하기보다는 민담을 패러디하는 방식으로, 이 시가 하나의 은유 구조 혹은 상징체계를 가질 수 있도록 구조한 것이라 볼 수 있다. 이러한 구조는 다분히 의도적인 것이다. '말하기' 방식으로 쓴 부분은 민담의 재구성이며, '보여주기'를 차용한 행 구분 부분은 민담을 시인 나름대로 신화적 상상력으로 육화시켜 창조한 부분이기 때문이다. 보여주기 방식으로 쓴 부분은 3, 4연이다. 3연의 "동산에 덩두렷이 뜬 달항아리"에서부터 4연의 마지막 행 "찬찬히 바라보며 항아리 속을 가득 채우는"까지는 백자 항아리에 대한 시인의 인식이 드러나고, 마지막 연에서는 이 민담의 은유와 상징 구조를 판타지로 보여준다. 노인에게서 배운

요술로 그릇이 된 소년. 그 소년은 어머니 같은 달항아리, 꿀항아리와 물항아리, 배항아리가 되어 가족들에게 기아를 면하게 해주고 부자가 되게 해준다. 그러나 그 그릇에 속았다고 항의하는 민초 때문에 스승인 노인은 그릇들을 모아 쇳물을 부으려 한다. 그릇이 된 소년이 백성을 속이지 못하도록 쇳물을 부으려 하자 그릇은 두루미가 되고, 노인은 독수리가 되어 쫓는다. 소년이 좁쌀로 변신하자 노인은 닭이 된다. 그러자 소년은 그 집 색시의 금반지가 된다. 노인이 금반지를 빼려 하자 소년은 좁쌀이 되고, 노인은 닭이 되고, 소년은 노인이 되었던 독수리가 되어 노인을 먹어치운다. 무협영화의 장면들을 역동적으로 보여주는 것처럼 이 시에서 소년과 노인의 대결 장면을 '말하기'와 '보여주기' 방식을 섞어서 표현한다. 이를 통해 시인은 인과응보를 말하려는 것일까? 그보다는 '~이 ~(이) 된다'라는 은유의 문법적 구조를 통해서 시인은 우리 사회, 삶의 양태를 은유 구조와 상징체계로 보여주려 한 것으로 이해된다. 민담이 그러하듯이. '보여주기' 기술 양식이 그러하듯이.

3

　모든 예술은 음악의 상태를 지향한다. 쇼펜하우어의 말이다. "음악은 가장 직접적인 것이다. 인간을 엄습해서 그를 그의 우둔

한 일상성으로부터 탈피시켜 생의 원천으로 이끌어주는 그러한 음의 힘은 말로써 재현될 수 없다"라고 누군가는 말하기도 한다. 그렇다면 모든 시는 음악을 지향한다는 가설은 설명될 수 없는가? 그렇지만 문학과 음악은 기원을 같이 한다. 시는 운율을 띤 언어와 문자로 리듬, 가락, 음성 따위로 이루어진다. 음악도 자신의 사상과 감정을 표현하는 데 있어 그 형성과 발전의 과정을 같이 해 왔다고 할 수 있기 때문이다. 하지만 그 영역의 독립성까지는 부정할 수는 없지만 그 유기적 연관성 또한 부정할 수 없을 것이다.

또드락또드락또드락 또드락 또드락
도락도락도락 도락 도락
동 락 동 락 동 락 희희낙락

제 우리로 흩어지는 말 떼도 아니고

토도록토도록토도록 토도록 토도록
토록토록토록 토록 토록
통 통 통 추 추 추 추적추적

처마밑에 떨어지는 가을비도 아니고
〉

열 손가락 자지러드는 자진모리 동동

－「가야금－1. 자진모리」 전문

위의 시 「가야금－1. 자진모리」는 '자진모리'의 가락을 의성어로 표현한 시이다. 가야금 소리를 소리 언어로 나타낸 부분이 재미있다. 음가인 '도, 드, 토, 또, 동, 통'과 '락'과 '록', 그리고 '추'와 '적'으로 표기한 시니피앙의 음성적 효과가 한 편의 시로 가능함을 보여주고 있는 시이다. 이것을 무모한 언어 트릭이나 혹은 언어 장난으로 치부할 수 있겠지만, 표음문자로서 한국어의 가치를 자리매김하는 데 귀중한 자료가 될 것으로 보인다. 또한 소리의 반복을 통해서 만들어지는 운율로 의미 공간을 해체시켜 무의미 미학 공간을 만들 수 있다는 사실을 이 시는 보여준다.

시 「기차 보러 가자－홍아에게」에서 보여주고 있는 시 문장의 반복, 예컨대 "보러 가자" "틈으로" "기차가 오른쪽에서 왼쪽으로"와 종결어미 '～(하)자'가 보여주고 있는 언어트릭은 단순한 발성적인 운율 장치만은 아니다. 특히 '가자'와 '기차'의 음운의 유사성으로 리듬을 창출하기보다는 한국어의 우수성을 환기시키는 데 그 가치가 있다. 그뿐만 아니라, 사무사思無邪의 동심 공간이 만들어지는 효과를 배가시킨다. 한편, 시 「중국 고전음악을 들으며」에서 보여주고 있는 음악에 대한 조예와 관심은 소리를 언어로 바꾸는 그 가능성을 엿볼 수 있게 한다.

문학과 음악의 통섭은 고대로부터 이루어졌다. 고대 중국과 우리의 왕과 사대부들은 시와 음악의 연구로 말미암아 인격 수양이나 백성 교화의 방편, 그 목적으로 삼았다는 사실을 우리는 익히 알고 있다. 세종이 지었다는 악장체의 찬불가인『월인천강지곡』이 그 예에 속한다.

이제, 서두에 언급한 김규화 시인의 자연 친화 상상력 담론으로 돌아가자. 시「귀룽나무와 나비」는 중국 한시의 문법인 '비잠동치飛潛動植'로 설명할 수 있다. 김규화 시인의 시선집『서정시편』에서 이미 말한 바 있지만, 이 '비잠동치'는 상승 이미지와 하강 이미지, 그리고 동적 이미지와 정적 이미지를 의미한다. 이러한 이미지의 반복은 시의 내재율을 생성하고 사물의 내재성을 이미지로 설명하는 데 타당한 요소를 제공한다. 시「귀룽나무와 나비」를 보자.

> 흰 꽃을 피운 귀룽나무 집 한 채가
> 향내 진동하는 꽃술 밖으로
> 서늘한 꽃궁전의 둥긋한 지붕 밖으로
> 나비 한 쌍을 내보낸다
>
> 북한산 골짜기는 파란 하늘 벽을 따라서
> 하얀 두 날개를
> 폈다가는 접고 오므렸다가는 다시 펴 날아가는

나비들의 낭떠러지다

앞서는 나비가 얽다가 뒤서는 나비가 섥다가
동그라미 그려서 터뜨리는 허공 속에서
멈출 수 없어 마침내 부서질 듯이

끌고 당기는 팽팽한 사랑놀이 끝에
나비 한 마리는 갑자기 숨고
남은 한 마리는 날갯짓 빨라져
귀룽나무 깊은 심장에 바람 한 점 부서진다

흰 꽃 한 채 등지고 사라진
나비의 시체가 허공에 가득하다
시체에 가린 하늘이 꽃궁전 안으로 숨는다

─「귀룽나무와 나비」 전문

위의 시 귀룽나무의 꽃술 향기와 '지붕 밖으로 날아가는 나비'
는 상승 이미지飛이고, '나비의 낭떠러지'와 '귀룽나무 깊은 심장
에 부서지는 바람' '나비의 시체'는 하강 이미지落이다. 그리고 이
시의 상황 묘사들은 동적 및 정적 이미지의 역동성으로 구조되며
내재율을 만든다. 이렇게 시인의 내재성은 이미지로 표출된다. 그

리고 삶의 체험을 통해 죽음까지도 선험하게 한다. 철학자들의 개념적 사유를 시인은 이미지로 표현한다. 미셸 푸코가 21세기 철학의 중심으로 예언한 들뢰즈는 '내재성'을 인간 중심적으로는 시각의 한계이며, 근대적 주체로는 세상을 지배하고 장악하는 것으로 보았고, 그것을 억압으로 보았다. 그리고 시학적으로 재현적 예술 체계, 미학적으로는 감성적 예술 체계로 보아 그 자체를 받아들여야 한다고 보았다. 이를 긍정적으로 믿고 수용할 때, 시인이 창조해낸 모든 표현 구조, 즉 은유, 상징, 아이러니, 알레고리, 신화 원형 등 그리고 그것들을 실현시키는 이미지, 운율, 시적 트릭 등등은 시인의 내재성에서 나오는 장치이며 구조인 셈이다. 이를 가능하게 하는 것은 자연 친화적 상상력이다. 위의 시 「귀룽나무와 나비」에서 보여주고 있는 이미지와 모티프들도 김규화 시인의 내재성이 만들어내는 것이라는 의미이다. 특히 이 시의 마지막 연에서 보여주고 있는 선시禪詩적 면모도 거기에 기인한 것들이다.

따라서 이 시집 『햇빛과 연애하네』를 관통하고 있는 것은 자연 친화적인 상상력을 통해 전통적 서정시의 문법에 뿌리를 두고 있지만 고정된 이미지로부터 벗어나 새로운 시적 발성법을 확장시켜나가고 있다는 점인데, 그것은 표현 구조와 운율이라는 국면에서이다. 하나의 통일된 운율과 표현 구조, 그리고 모티프가 아니라 자유롭고 다양하다는 점이 이 시집을 관통하는 특징이다.

햇빛과 연애하네

초판 1쇄   2014년 4월 16일
지은이   김규화
펴낸이   김영재
펴낸곳   책만드는집

주소   서울 마포구 양화로3길 99 4층 (121-887)
전화   3142-1585·6
팩스   336-8908
전자우편   chaekjip@naver.com
출판등록   1994년 1월 13일 제10-927호
ⓒ 김규화, 2014

ISBN   978-89-7944-474-2 (04810)
ISBN   978-89-7944-354-7 (세트)